Grace

JN266978

50
1F349

グレース・オブ・モナコ
公妃の切り札
GRACE OF MONACO

アラッシュ・アメル［脚本］
小島由記子［編著］

WRITTEN BY Arash Amel
NOVELIZATION BY Yukiko Kojima

竹書房文庫

GRACE OF MONACO
based on the film
directed by Olivier Dahan
written by Arash Amel

Copyright © 2014 STONE ANGELS
Japanese translation published by arrangement with
STONE ANGELS
through The English Agency(Japan) Ltd.

日本語版翻訳権独占
竹 書 房

Contents 目次

登場人物紹介

グレース・ケリー ……………… ハリウッドのオスカー女優。
モナコ大公レーニエ三世に見初められて結婚。

レーニエ三世 ………………… モナコ公国大公。

タッカー神父 ………………… 宮廷司祭。大公夫妻の相談役。

マッジ……………………………… グレースの女官。

デリエール伯爵 ……………… レーニエ大公の侍従で外交儀礼の専門家。

アントワネット公妃 ………… レーニエ大公の姉。

ジャン=シャルル・レイ……… アントワネットの夫。

マリア・カラス……………… 世界的オペラ歌手。オナシスの愛人。

アリストテレス・オナシス ……… モナコを牛耳る海運王。

シャルル・ドゴール …………… フランス大統領。

アルフレッド・ヒッチコック …… ハリウッドの映画監督。

Grace
グレース・オブ・モナコ
公妃の切り札

私は、慎み深く、思いやりのある人間として、
人々の記憶の中に残りたいのです

モナコ大公妃グレース

序幕

おとぎ話は、時として残酷な終わり方をする。1982年9月13日、世界中に衝撃が走った。地中海の高級社交場として名高いモナコ公国のグレース公妃が、自らハンドルを握る車で別荘から宮殿に戻る途中、崖から転落。車は大破し、公妃は重症を負ったというのだ。

そしてグレース公妃は意識が戻らないまま、翌日、52年の華麗な人生に幕を下ろした。早すぎる死だった。

その死から遡ること26年前、当時、ハリウッドで人気絶頂だったオスカー女優グレース・ケリーとモナコ大公レーニエ三世の結婚は、世界中の人々を熱狂させた。ハリウッドスターとヨーロッパ王族のロマンス……それはまさに現代のおとぎ話だった。

レーニエ公との成婚時、純潔なクールビューティと讃《たた》えられていた女優グレース・ケリーの美貌は、絶頂を極めていた。スレンダーでしなやかな肢体、輝くばかりのブロンドの髪、目を奪われるほどみずみずしく透き通った肌、北欧民族特有のシャープな顎のライン、一瞬にして鉄色に変わる青い瞳には、潔癖さと意志の強さが表れており、そのファションも、話し方も、立ち居振る舞いのすべてが健全で品格があった。

グレースは、50年代のアメリカ社会が求める若い女性の理想像そのものだった。そのイメージによって、彼女は上流階級出身のお嬢様で、私生活も健全なものだと信じられていた。だが、それらの認識は、女優グレース・ケリーの数ある神話の一つにすぎなかった。

第一幕　女優グレース・ケリー

グレース・ケリーは、1929年11月12日、フィラデルフィアのアイルランド系カトリックの裕福な家庭に生まれた。すでに4歳上の姉と2歳上の兄がおり、4年後には妹も誕生している。

父親のジャック・ケリーは、フィラデルフィアの貧しい移民地区で生まれ育ったレンガ職人だったと言われているが、そのエピソードは、彼のサクセスストーリーをよりドラマチックにするために少なからず誇張されたものだった。

ケリー家が貧しかったのは、ジャガイモ飢饉《ききん》を逃れてアイルランドから移住してきた祖父の時代の話で、実際のジャックは、兄の経営する建設会社の従業員として働く、優遇されているレンガ職人の見習い工であった。

フィラデルフィアはボート競技の盛んな土地柄。多くの時間をボートの練習に費やすことができたジャックは、ケリー・レンガ会社を興す一方で、ボート競技の個人種目であるシングルスカルで頭角を現し、ついにはオリンピックで金メダルを獲得。国民的英雄となったカリスマ的な人物だった。ハンサムなうえに長身でたくましく、〝完璧な肉体を持つアメリカ人男性〟ともてはやされ、ハリウッドスター並みの人気者だったという。

ジャックは持ち前の魅力とたゆまぬ努力、そして、堅実な経営と巧妙にコネクションを利用することで、ケリー・レンガ会社をアメリカ東海岸で最大の建設会社に成長させ、政界にも進出。民主党幹事を務め、市長選に立候補するほどの名士として、地元の人々に崇拝されていた。

母親のマーガレットはドイツ系で、当時としてはめずらしい職業婦人だった。テンプル大学で体育の学位を取得したあと、ペンシルベニア女子医科大学の体育講師を務めるかたわら、女子水泳部史上初の女性コーチにも就任している。彫りの深い顔立ちをした健康的なブロンド美人で、カントリー・ジェントルマン誌の表紙を飾ったこともあるが、プロのモデルではなかった。モデルとして働くことは、彼女にとって威厳を損なうことだった。

マーガレットは意志の強い倹約家で、良妻賢母の鏡のような働き者の主婦であり、目的意識を持ってひたすら突き進む夫と完全に同調していた。

ジャックが自分の魅力と名声を楽しむかのように半ば公然と浮気を繰り返すようになっても、マーガレットは見て見ぬふりをした。代わりに女子医大のための資金集めに奔走することで、夫婦間の悩みを子供たちに悟られないよう努めた。実際、子供たちは大人になるまで、英雄である父親のもう一つの顔を知ることはなかったという。

このような両親から子供たちが学んだのは、〝ケリー家では何をするにも必ず成功しなければならない〟ということと、〝問題があってもうまく対処し、世間に悟られないよう体面を保つ〟ということだった。そして、ケリー家の子供たちの中で、よくも悪くも両親の遺伝子をもっとも色濃く受け継いだのは、他ならぬグレースだった。

ジャックが財をなして地元の名士になっても、その出自ゆえに彼の名前が紳士録《ブルー・ブック》に載ることは決してなく、三人の娘たちが北米でもっとも歴史と権威のある舞踏会、フィラデルフィア・アセンブリーズ・ボールで、社交界デビューを飾ることはできなかった。10代になったグレースの夢は、肘までの長さの白いキッドの手袋をはめ、その社交界に華麗にデビューすることだったという。

ジャックは憤りと屈辱を魅力的な笑顔の下に隠し、古くからの上流階級の居住地区を見下ろす丘の上に宮殿のような大邸宅を構える一方、自分は庶民派だと公言することで辛うじて面子《メンツ》を保っていた。

後にモナコ公妃にまで上り詰めた女優グレース・ケリーは、敬虔《けいけん》なカトリックの良家の子女にふさわしく、修道会が運営する学校でヨーロッパ風の行儀作法や礼儀作法を学んではいても、正真正銘の上流階級からは完全に閉め出されていたのだ。

有名なアスリートと体育講師を両親に持つケリー家の子供たちは、幼い頃からスポーツで鍛えられた。ジャック・ケリーは厳格で完璧主義の鬼コーチだった。彼には人生に対する自分なりの信念があった――〝夢を実現させるためには、自分を信じて、地道に、誠実に、努力し続けること〟。

そんな父親を、グレースは神であるがごとく崇拝し、その教えをしっかりと胸に刻んでいた。アレルギー体質の彼女は風邪を引きやすく、子供の頃はいつも鼻をぐずつかせていたというが、父親に認めてもらおう、喜んでもらおうと人知れず努力した。だが、彼女の努力が報われることはなかった。

父親のお気に入りは、頭がよくて機転の利く長女のペギーと、ボート競技向けの体格に恵まれていた一人息子のジャック・ジュニア（通称ケル）だった。グレースはケリー家の子供たちの中で一番目立たなくて不器用だと思われていて、大柄で甘え上手の妹リザンヌにさえも見くびられていた。

何をやっても父親に評価されない現実は、多感な少女から自信を奪っていく。グレースはしだいに人前に出ることを恐れるようになり、活発な姉、兄、妹たちとは対照的に、独りで人形遊びをしては空想の世界に浸っていることが多くなった。大人になっても、自信がなくなると、彼女の表情が別人のように曇って自分の殻に閉じこもってしまうことがあったが、それは子供の頃のトラウマを引きずっていたためだと言われている。

兄がボート、姉と妹が水泳でスポーツの才能を伸ばし、父親の関心を惹《ひ》いて愛情を独占しようと競う中、グレースだけは違っていた。人形の物語を創作して遊ぶほうが好きだった繊細な少女は、成長するにつれ、バレエやモダンダンス、演劇に興味を持つようになる。

父親のジャックは十人兄弟で、その中にはショービジネスの世界で成功した者たちがいた。俳優から劇作家に転身し、『クレイグの妻』の脚本でピューリッツァー賞を獲得した兄ジョージと、人気寄席《よせ》芸人の弟ウォルターだ。さらには姉も喜劇女優だったが、グレースが生まれたときには、すでに他界していた。奇《く》しくもグレースの名は、この伯母にちなんでつけられたのだという。

彼らの存在は、ケリー家の子供たちに〝自分の役になりきることこそ、すべてを可能にし、人生を成功に導く〟ということを証明していた。なぜなら父親のジャックが事業を興す際、資金援助したのがジョージとウォルターだったからだ。

そして、グレースがもっとも影響を受けたのは、父親とはまったく異なる芸術分野で成功を収め、父親よりも有名な伯父のジョージだった。

グレースはプライバシーを明かさない記者泣かせの女優として知られていたが、それもジョージ伯父の生き方から学んだものである。ジョージ・ケリーは生涯独身で、孤高のスタイルを貫いた謎めいた人物だった。

グレースの星座はさそり座だが、その星座の特徴の一つである神秘性——見かけは大人しく、人を寄せつけない雰囲気があり、本心はめったに明かさないが、内には燃え上がるような情熱と野心を秘めている——が、ジョージ伯父の感性と共鳴したであろうことは想像に難くない。

同時代の女優で永遠のセックスシンボルと謳《うた》われたマリリン・モンローは、雑誌のインタビューで「ベッドでは何を着ているか?」と問われ、「シャネルの5番よ」と答えたエピソードがあまりにも有名だが、グレースは同じ質問に「私がベッドで何を着ようと、誰にも関係ないと思います」とそっけなく答え、以後、彼女のプライバシーに関する取材はタブーとなった。

高等教育を終えたグレースは、進路について悩んでいた。ダンサーか舞台女優を養成するカリキュラムのある大学に行きたいと思っていたが、両親に反対されるのは火を見るより明らかだった。

それにその夏のケリー家には、父親ジャックの悲願をかけた最大のイベントが控えていて、自分の問題を持ち出せる雰囲気ではなかった。

若き日のジャックには、一つだけ果たせなかった夢があった。それは世界中から第一級の選手が参加するイギリスのボート競技、ヘンレー・ロイヤル・レガッタのダイヤモンド・チャレンジ・スカルのレースで優勝杯を獲得することだった。

ヘンレー・ロイヤル・レガッタは、ボートレースの中ではもっとも歴史が古く、英国王室がパトロンとなって毎年7月に開催される上流階級の由緒ある社交イベントだ。

当時、全米のレースを制覇していたジャックには、十分すぎるほどの出場資格があった。にもかかわらず、労働者階級出身という理由で、ヘンレーの事務局に出場を拒まれてしまったのだ。

その後、オリンピックでヘンレーの優勝者に大差をつけて金メダルを獲得したジャックだったが、それでも傷ついたプライドが癒されることはなかった。そこで彼は一人息子のケルを鍛え抜き、自らが果たせなかった野望を託したのだった。

両親は次女の進学問題をあと回しにして、一人息子のレースをバックアップすべく一家揃《そろ》って渡英。ダイヤモンド・チャレンジ・スカルに出場したケルは、優勝を果たし、父親を大いに満足させた。

帰国後、ケルの優勝パレードや一連の祝賀会が終わったあとに、母親はようやくグレースを伴ってアメリカ北東部の女子大めぐりを始めたが、時すでに遅く、どの大学も入学志願手続きを締め切っていた。

だが、そのことは、むしろグレースに幸いした。おかげで彼女の希望どおり、ニューヨークにある全米一の演劇学校、アメリカン・アカデミー・オブ・ドラマティック・アーツにすべり込むことができたからだ。

アカデミーも入学志願手続きを締め切っていたが、グレースが著名な劇作家であるジョージ・ケリーの姪《めい》だと分かると、特例でオーディションを受けることができた。その結果、美貌ばかりではなく才能も将来有望と評価され、難なく入学を許可された。

当然、父親は猛反対した。だが、大学めぐりで疲れ果てていた母親は、深く考えていなかった。あの内気なグレースのことだから、すぐに根を上げて逃げ戻ってくるに違いないとタカをくっていたのだ。

母親の予想は、見事に裏切られた。ケリー家の子供たちの中でただ一人、家を出ることに成功し、単身、ニューヨークに移り住んだグレースは、水を得た魚のごとく内に秘めた情熱を開花し始めた。

アメリカン・アカデミー演劇学校は、カーネギー・ホールの屋根裏にあり、自由奔放な芸術の香りにあふれていた。アカデミー時代の友人によると、グレースは温かく、素朴で、気取らず、楽しいことが大好きで、とてもロマンティックな女性だったという。

グレースの美貌は人目を惹き、多くの男性から交際を申し込まれたばかりではなく、特に努力した訳でもないのに、気がつくとモデルになっていた。

グレースは写真映りがよかった。隣に住んでいそうな清純で元気いっぱいの美少女といった感じで親しみが持て、たちまち名立たる企業がこぞって彼女をイメージモデルとして起用するようになった。テレビコマーシャルはもちろんのこと、ニューヨーク中の五階以上のビルを見上げると、大きな看板に必ずグレースの顔があったという。

モデルとして成功したグレースは、親から1ペニーの仕送りも受けることなく、アカデミーの授業料や下宿代、生活費のすべてをやりくりし、完全に自立したかに見えた。だが、ケリー家の強権的な独裁者である父親の呪縛からは、生涯、逃れることができなかった。

アカデミーの2年間で、グレースは演技の基礎や俳優としてあるべき姿を学んだのはもちろんのこと、唯一の難点だった鼻声とアクセントを徹底的に矯正された。

父親の完璧主義の性格を受け継いでいるグレースは、持って生まれた美貌や才能に甘んじることはなく、何事も真面目に、熱心に取り組んだ。授業だけでは飽き足らず、オペラ歌手から個人レッスンも受けた。

矯正クラスを終える頃には、金切り声になりがちだったグレースの声は低くなり、正確で響くような品のいいアクセントを習得した。

どの役を演じても、グレースの声からは、育ちの良さと、立派な教育を受けたお嬢様の繊細さが感じられ、その発音は彼女のトレードマークとなった。いわゆる〝グレース・ケリー・アクセント〟である。

アカデミーでは2年目の最終学年に上がる段階で、約半数が厳しいテストやレポートなどによってふるい落とされる。進級できた者は実習生として劇団に組み込まれ、プロの監督から指導を受けることができた。

優秀な成績で進級したグレースは、劇団の指導監督である11歳年上のドン・リチャードソンと親密な仲になった。彼女には特異な資質が備わっていた。内面は驚くほどしっかりしているのに、今にも壊れそうなほどか弱く見え、何としても支えてあげなければと人に思わせるのだ。

リチャードソンも例外ではなかった。ふとしたことがきっかけで、彼女の面倒を見なければ、守らなければという衝動に駆られたという。しかもグレースの中には、つき合う男たちを必ず熱狂させてしまうところがあった。別れたあとでさえも、男たちは「彼女はすばらしい女性だった。本当に愛していた」と懐かしむことはあっても、悪く言う者はいなかった。

グレースは声の矯正クラスで出会ったボーイフレンドもキープする一方で、誰にも知られることなくリチャードソンとの熱くロマンティックな関係を続け、やがて卒業公演を迎えた。監督であるリチャードソンは、卒業公演の演目、『フィラデルフィア物語』でグレースのかつての夢を叶《かな》えてやった。フィラデルフィア社交界のスターだった実在の女性をモデルにした物語で、ヒロインのトレーシー・ロード役にグレースを抜擢したのだ。

カーネギー・ホールで行われた卒業公演には、両親も娘の晴れ姿を観に来たが、グレースはリチャードソンとの仲を隠し通そうとした。なぜなら彼はユダヤ人であるうえに離婚協議中で、到底、敬虔なカトリックの父親に認めてもらえるはずもなかったからだ。

父親のジャックは、娘たちが多くのボーイフレンドとデートを楽しむことには寛容だった。むしろ自分の財産である美しい娘に、男たちが群がってくることを誇りに思っていたフシがあった。ただし、事が深刻になり始めるとすかさず干渉し、ケリー家にとって不適切な相手を排除した。

そしてグレースの恋する相手は、年長の離婚歴がある男性や既婚男性、カトリックではない男性が多かった。彼女はいつもほとんど抵抗することなく、父親に従った。リチャードソンとの交際も両親の知るところとなると、同様の結末を迎えた。

究極のロマンティストだったグレースには、実生活でも演じているようなところがあった。あるときは熱心で野望に満ちた若い女優、またあるときは取り澄ました貴婦人、そして、いとも簡単に男たちを骨抜きにする官能的な女や、親に恋人との仲を引き裂かれて悲嘆にくれる娘……。

彼女の内面は常に冷静にコントロールされており、誰も立ち入ることができないほど自己がしっかりと確立されていた。だからこそ、どんな役柄でも演じることができたのだろう。後にグレースは非常に恋多き女優として知られることになるが、美しく眩惑《げんわく》的な彼女にとって、愛を見つけるのは簡単なことだった。情熱に火がつくたびに両親に水を差されたものの、感傷にひたる暇がないほどすぐにまた新たな愛が見つかった。

女優時代のグレースにお目付け役として付き添っていた妹のリザンヌは、「共演する大スターたちがつぎつぎと姉の虜《とりこ》になったのは、本当に驚異的なことです」と語っている。グレースが男性に求めたのは、セックスそのものよりも安らぎだった。ケリー家を出て人生を楽しんでいても、彼女は誰かに認めてもらい、愛と安心感を得ようと必死にもがいていた。年長の男性にばかり惹かれたのは、無意識のうちに父親らしい雰囲気の人を探していたからに違いない。

父親ゆずりの性《さが》ゆえか、恋愛に関しては、グレースはあまりにも衝動的で慎重さを欠いていた。だが、決して仕事のために色目を使ったり、セックスを利用したりする女優ではなく、その必要もなかった。子供のときと同じように、ただロマンスにひたって幸せな気分でいたかっただけなのだ。

グレースが引き起こす数々のスキャンダルが噂《うわさ》になることはあっても、マスメディアに取り上げられることはほとんどなかった。50年代のアメリカ社会はまだ非常に保守的で道徳を重んじており、報道もその風潮に追随していたからだ。

世の中の親や男たちは、頭の隅では幻想にすぎないと分かっていても、未婚女性は処女であるべしと頑なに信じていた時代だった。一部タブロイド誌に載るようなゴシップは、口にすることさえ下品だとされた。

おかげでグレースは自らの恋愛話を都合よく脚色し、その外見にふさわしい純潔なクールビューティというイメージを保つことができた。母親のまさかの裏切りに遭うまでは……。

アメリカン・アカデミー卒業後まもなく、グレースは華々しくブロードウェイの初舞台を踏んだものの、その後は仕事に恵まれなかった。それでも彼女はあきらめることなく舞台女優をめざし、アマチュア劇団や地方の劇団の舞台に出演するかたわら、ブロードウェイのオーディションを受け続けた。

何事も最高をめざすのがケリー家の人間に課せられた責務あり、女優になるなら、せめて真面目で上品な古典劇を演じる舞台女優になってほしいというのが父親の願いだったからだ。

グレースはブロードウェイでもハリウッドでも、オーディションの際には、白い手袋をはめ、顔を覆うベール付きの帽子をかぶって臨み、監督たちを面食らわせた。そんな恰好で現れる女優などいなかったからだ。だが、彼女は決してこの良家のお嬢様風スタイルを崩そうとはせず、フィラデルフィア上流階級出身であるかのようなイメージを保っていた。

ブロードウェイの監督たちのグレースに対する評価は、芳しいものではなかった。舞台女優としては、背が高すぎ（169センチ）、やせすぎ、あごががっちりしすぎだというのだ。さらに致命的だったのは、声量が足りないことだった。これらの評価は、長い間、グレースのコンプレックスとなった。

ところが幸運にも、グレースはテレビドラマ専門のエージェントに見いだされた。モデルのときと同様、彼女の美しさと繊細さは、テレビ画面に映し出されると、ひと味違った魅力を放った。

数多くのテレビドラマに出演するうちに、ハリウッドから誘いがあった。フレッド・ジンネマン監督の『真昼の決闘』で、ゲイリー・クーパーの相手役に抜擢されたのだ。アカデミーを卒業してから2年後のことだった。

その1年ほど前、『14時間』というハリウッド映画にほんの端役で出演したことがあり、複数のスタジオから長期契約のオファーも受けたが、ジョージ伯父のアドバイスもあってすべて断っていた。

当時のハリウッド映画はスタジオ製作が主要で、新人の若手女優は売り出してもらう代わりに7年間、拘束される契約システムが一般的だった。だが、グレースはまだ舞台女優になる夢をあきらめていなかったし、すでに十分な収入もあり、特定のスタジオに縛られて選択の余地がなくなることを恐れた。

『真昼の決闘』でゲイリー・クーパーはオスカーを獲得し、映画は話題になったが、グレースは自分の演技に満足していなかった。クーパーのさりげない演技に対し、自分はあまりにもぎこちなく未熟だと感じていた。

ニューヨークに戻ったグレースは、プロの俳優に演技指導をしていたアメリカ演劇界の重鎮、サンフォード・マイズナーに指導を仰ぎ、1年間、みっちりとレッスンに通った。この父親ゆずりのたゆまぬ努力と賢い仕事選びの能力が、グレースをスターの座へと押し上げていく。

やがて、あの有名な『駅馬車』の大物監督ジョン・フォードの目に留まった。アフリカを舞台にした一大スペクタル映画、『モガンボ』で、主役のクラーク・ゲーブルの相手役としてオファーされたのだ。若手女優にとっては、願ってもないビッグチャンスだった。ところが、当時、フォード監督はMGMに雇われており、今度ばかりはスタジオとの7年契約という犠牲を回避することはできなかった。

そこでグレースは契約の際、三つの条件を出した。ニューヨークを拠点とし、映画出演は年間3本までで、ときどきは舞台に出演するために休みを取るというものだ。それらの条件を承認してもらうことでMGMと契約したグレースは、『モガンボ』で1953年度のゴールデン・グローブ助演女優賞を獲得。アカデミー助演女優賞にもノミネートされた。

グレースの演技力は、ルック誌でも高く評価され、同誌による最優秀女優受賞という名誉も授かった。この賞は、ルック誌ヨーロッパ版の代表を務めていたルパート・アランという若い映画ジャーナリストの計らいによるものだった。

グレースとアランは、出会った瞬間から意気投合した。ホモセクシャルで人当たりがよく、童顔の彼は、グレースがもっとも信頼する親友の一人となった。その後、アランはハリウッドに仕事の拠点を移し、多くのスターのPR活動を担当する伝説的なジャーナリストとして、グレースとも生涯にわたって親交を持つこととなる。

純潔なクールビューティ、グレース・ケリーの登場は、時代の要求にタイミングよく応えていた。もはや安っぽいセックスシンボル的な女優は飽きられており、ハリウッドは何とかして品格のある貴婦人のような女優を生み出そうとしていた時期だった。

そして、ハリウッドの監督の中に、純潔なクールビューティの内に秘められた官能性を見抜いている人物がいた。当時、サスペンスの神様としての名声をほしいままにしていたアルフレッド・ヒッチコックだ。

ヒッチコックのサスペンスの特徴は、物事は見た目とまったく違うものだという二面性の概念がもとになっている。その二面性を演じることができる女優を、彼は好んで起用した。グレースはまさに、かつて彼の創作意欲をかき立てる女神《ミューズ》だったイングリッド・バーグマンを彷彿《ほうふつ》とさせた。

『ダイヤルMを廻せ！』で初めて主演女優に抜擢されたグレースは、十分すぎるほど監督の期待に応えた。ヒッチコックの信条である〝殺人シーンをラブシーンのように、ラブシーンを殺人シーンのように〟演じたばかりか、彼女の二面性には、不意打ちの名人である監督も度胆を抜かれたという。

撮影現場でのグレースは、プロとしての自覚を持って淡々と演技をこなしていたが、撮影を終えると完全に別人格になった。眩惑的な若い女優は、既婚者であれ独身者であれ、共演男優たちと片っ端から恋に落ちた。

後に妹のリザンヌは、「男たちはまるで群れをなして姉を追いかけているようでした。とにかく出演者全員が姉に夢中で、皆が毎日、花を贈ってくるので、ホテルの部屋はたちまち斎場のようになってしまいました」と明かしている。

日頃から密《ひそ》かに白雪姫のような清純な女性を犯す妄想を抱いていたヒッチコックは、グレースの二重人格的要素に大いに魅せられ、続けて『裏窓』に彼女を起用。グレースは突然、スターになり、世の中の女性たちの脅威となった。


ハリウッドで成功を収めても、グレースはニューヨークを拠点にすることにこだわった。堅実な家庭で育った彼女にとって、ハリウッドの虚構に満ちた世界には、どうしても馴染《なじ》めなかったのだ。

『裏窓』の撮影終了後、グレースはオスカー受賞コンビとして名高いプロデューサーのジョージ・シートンとウィリアム・パールバーグのパラマウント製作映画、『トコリの橋』に出演。彼らのつぎの作品、『喝采』のヒロイン、アル中の落ちぶれた俳優の夫を支える妻、ジョージー役を射止めた。

『喝采』はブロードウェイで大ヒットを飛ばした演劇の映画化で、グレースがブロードウェイのオーディションを受け続けていた頃、落とされたことがある憧れの作品の一つだった。

グレースにとっては快挙だったが、『喝采』がパラマウント製作映画であったために、M

GMとの確執が表面化した。専属契約を結んでから1年余り、彼女はMGM製作映画には『モガンボ』の1本しか出演していなかった。MGMから送られてくる脚本を読んだ段階でオファーをすべて断り、自分で他社の出演作品を選んでいたからだ。

MGMは他社にグレースを貸出す形で収益を得ていたが、今度こそはスターとなった彼女を、コロンビアを舞台にした自社作品、『緑の火・エメラルド』に出演させたいと考えていた。そのため、MGMはパラマウントからの貸出し要請を断ってしまったのだ。憤慨したグレースはハリウッドを去る覚悟をし、エージェントを通じ、自らの決意をMGMの幹部に伝えた。

結局、この問題はパラマウントが前作、『トコリの橋』の2倍の貸出し料、5万ドルをMGMに払い、グレースは『喝采』の撮影が終わりしだい、『緑の火・エメラルド』の撮影に入るという条件付で決着した。

『喝采』の主役を勝ち取ってベテラン俳優ビング・クロスビーと共演したグレースは、まだ24歳の独り身でありながら、不幸な結婚に疲れた地味な妻を完璧に演じ切って見せ、実力派女優としての地位を築いた。

その一方で、MGMとの確執はますます深まっていた。『喝采』の撮影終了後すぐに『緑の火・エメラルド』の撮影に入ったグレースだったが、凡庸な作品内容とコロンビアの劣悪な環境の中でのロケに失望していた。そればかりかMGMは映画の宣伝用に、緑色の衣装をまとった豊満なバストのモデルの頭に、グレースの顔を貼りつけた合成写真の特大ポスターをブロードウェイに掲げたのだ。

商業主義的なMGMの経営方針にうんざりしたグレースは、撮影が終わらないうちから、今後、出演する映画は必ず自分で判断し、スタジオの言いなりにはならないと宣言した。

そして宣言どおり、再びヒッチコック監督の南仏を舞台にしたロマンティック・スリラー、『泥棒成金』に出演するためにMGMと交渉し、パラマウントへの4回目の貸出しに応じさせた。ちなみに彼女の貸出し料はさらに跳ね上がり、8万ドルだったという。

『緑の火・エメラルド』のセット撮影の合間に、個人教師を雇ってフランス語のレッスンを受けていたグレースは、撮影を終了したその日のうちに『泥棒成金』に出演するために南仏へ飛んだ。

『泥棒成金』ではケーリー・グラントと共演したが、彼との間にロマンスは生まれなかった。グラントは典型的なグレース好みの洗練された大人の男性だったものの、妻のベッツィーを同伴しており、グレースも南仏まで追ってきた新たな恋人、オレッグ・カッシーニと一緒だったからだ。

カッシーニはロシア系イタリア人のファッションデザイナーで、映画『モガンボ』を観てグレースに一目惚《ぼ》れし、ありとあらゆる手段で彼女に猛アタックをかけていた一風変わっている人物だった。

グレースは最初、相手にしていなかった。その頃の彼女は、かつてテレビドラマで共演したフランス人俳優ジャン＝ピエール・オーモンとつき合っていて、カッシーニは彼の友人であった。

だが、南仏に向かうとき、グレースはついにカッシーニに〝私を愛しているなら、追いかけてきて〟と書いたポストカードを送ったのだった。

グレースは24歳という年齢もあり、カッシーニとは真剣に結婚を考えた。当時の女性の結婚適齢期は二十歳前後で、姉のペギーはすでに結婚して二人の子供がおり、妹のリザンヌも来年には結婚する予定だった。周りの友人たちも皆、結婚していた。

だが、二度の離婚経験があるカッシーニは、結婚には慎重だった。それに当然、グレースの両親が猛反対しており、結局、つかず離れずの関係を続けているうちに、終止符が打たれることとなる。

『泥棒成金』の撮影は、フランスに隣接するモナコ公国でも行われた。その際、グレースは丘の上から、岩壁に囲まれたおとぎの国の花園のような場所を見下ろし、周りのスタッフに聞いた。

「あの庭園は誰のものなの？」

脚本担当のジョン・マイケル・ヘイズが答えた。

「グリマルディ家のプリンスのものですよ。彼らは古臭い連中です」

その場所こそ、地中海に面した美しい国モナコの宮殿だった。グレースはこのとき、近い将来、自分がおとぎの国の女主《おんなあるじ》になるとは、夢にも思っていなかった。だが、すでに運命の歯車は回り始めていた。

第二幕　運命の出会い

『喝采』が封切られたのは、1954年のクリスマスの直前で、翌年春のアカデミー賞レースにぎりぎり間に合うタイミングだった。批評家たちはグレース・ケリーの演技を絶賛し、年が明けて『喝采』の成功が確実になる頃には、〝紳士は淑女がお好き〟という見出しとともに、タイム誌の表紙も飾った。

そして1955年3月、グレースはMGMとの確執を乗り越え、1954年度のアカデミー主演女優賞に輝き、5月に開催されたカンヌ映画祭にハリウッド代表団の団長として招かれた。

その際、フランスの週刊誌パリマッチ誌の特集企画として、モナコ公国のレーニエ大公と宮殿で会談し、写真撮影することになった。だが、グレースはあまり乗り気ではなかった。カンヌでは分刻みのスケジュールが待っていたし、会談の日は夕方からレセプションに出席しなければならず、その前に髪をセットしてもらう必要があった。

そのうえ、ジャン＝ピエール・オーモンが偶然、カンヌに居合わせ、再び恋に落ちていて、彼との逢瀬を楽しむ時間も作りたかった。

カンヌからモナコの宮殿までは、車で往復3時間ほど。その時間を考えると、すべての予定をこなすのは容易ではなく、グレースはレーニエ公との会談をキャンセルするつもりでいた。ところがそのことをオーモンに話すと、王室との約束を反古《ほご》にするなど、とんでもないと諫《いさ》められた。

会談当日の昼すぎ、パリマッチ誌の記者が運転するコンバーチブルでモナコへと向かったグレースは、場違いなイブニングドレスをまとい、後ろにざっと撫《な》でつけただけの生渇きの髪を風になびかせていた。

その日、グレースは髪を洗ったものの、フランスの電気会社がストライキを起こしていてドライヤーが使えなかったのだ。彼女が着ていくつもりだったエレガントなドレスのしわも、メイドにアイロンをかけてもらうことができなかった。

カンヌに持参したワードローブの中でしわになっていないのは、黒のタフタ地にピンクとグリーンの大きなバラのつぼみ模様が散ったイブニングドレスだけ。だが、写真が載るのは、フランスの雑誌だ。アメリカ人は誰も見ることがないはずと、グレースは自分に言い聞かせていた。

当時の一般のアメリカ人は、西ヨーロッパの極小国モナコに対する知識はほとんどなく、北アフリカのモロッコと区別がつかない者も多かった。グレースにとっても、モナコのプリンスとの写真撮影は、さほど重要なこととは思えなかったのだ。

モナコ公国は代々、グリマルディ家が統治する立憲君主制の独立国で、首都モナコがそのまま全領土となる、バチカンにつぐ世界で二番目に小さい国だ。かつてはリヴィエラ沿岸のかなりを占める地域を支配していたが、１８６１年に、主権を維持するために領土の大部分をフランスに売却せざるを得なかった。

以来、絵のような美しい港を取り囲んで、片側の岩山には宮殿が、もう一方の岩山にはカジノのある小さな都市国家となってしまった。国土面積は、後にレーニエ公が海岸を埋め立てて多少、広がったものの、当時は2平方キロメートルにも満たなかった。

歴代の君主はフランス王の臣下で、バレンティノワ公爵として宮廷で高い地位を占めていた。そのため、モナコは王国ではなく公国、君主の正式敬称は大公となっている。

１９１８年にフランスとの間に保護友好条約を締結して保護下に入っており、公用語はフランス語、通貨も当時はフランスフランであった。

したがってフランスからモナコへの入国には、何の手続きも必要がなかった。グレースとパリマッチ誌の一行は、約束の時間である午後3時には、少し遅れて宮殿に到着した。途中、追突事故を起こしたうえに、朝から何も食べていなかったグレースが空腹に耐えきれず、記者にカジノ近くのホテルからサンドイッチを調達してきてもらうというアクシデントがあったからだ。

だが、レーニエ公も近隣での昼食会からまだ戻ってきていなかった。午後4時すぎになってやっとレーニエ公と握手を交わすことができたグレースは、カンヌのレセプションが気になるあまり、不機嫌だった。

あとで知ったことだが、貴婦人《レディ》が王族と面会するときには、帽子をかぶる必要があった。にもかかわらず、31歳で独身の殿下は、ぼさぼさの髪のハリウッド女優を明らかにお気に召したようだ。握手の機会をとらえた写真には、背の低い小太りのレーニエ公がおよそプリンスらしからぬラフな格好でサングラスをかけ、はにかんだ微笑みを浮かべている。

レーニエ公から遅れたことに対するお詫《わ》びの言葉は一切、聞かれなかったものの、グレースは彼が完璧なアクセントのイギリス英語を話すことには驚かされた。彼女は知る由もなかったが、レーニエ公には幼い頃にイギリス人の乳母がついており、イギリスの公立学校にも通っていたこともあったのだ。

二人はパリマッチ誌の撮影のために、宮殿内の庭園や動物園を散策。動物園では、レーニエ公が意外な一面も見せた。檻《おり》の中のトラに手を差しのべ、まるでペットの猫であるかのように撫でたのだ。

背は低いものの、ラテン系の顔立ちでまずまずハンサムなレーニエ公は、思っていたよりも気さくで魅力的な人物だった。

30分ほどの会談を終え、急いでカンヌに引き返したグレースは、後悔の念を覚えていた。今度、王族と会談する機会があれば、貴婦人らしくきちんと振る舞いたいと……。

ハリウッド女優としての頂点を極めたグレースにとって、つぎの目標は、結婚して幸せな家庭を築くことだった。カンヌ映画祭のあと、グレースはジャン＝ピエール・オーモンが拠点としているパリで1週間ほど公然と一緒に過ごし、結婚を誓い合った。

アメリカに帰国したグレースは幸せそうで、空港で待ち受けていたゴシップ記者の取材にめずらしく応じ、オーモンとの将来を真剣に考えていることを認めた。

彼女にしてみれば、外堀を埋めて、いつもの両親の横やりをかわそうという作戦だったのかもしれない。オーモンは妻を亡くした男やもめで、9歳になる娘がいたが、もしも彼がユダヤ人ではなくカトリック信者であったなら、事はもっとスムーズに運んでいただろう。

しかし、秋になってオーモンがアメリカに渡り、グレースと再会したときには、すでに二人のロマンスは輝きを失っていた。強権な両親に反対されたせいばかりではなく、彼女の心の中で何らかの変化が起きているのは明らかだった。

実はこのとき、誰にも知られることなく、新たなロマンスが進行しつつあった。ロマンスと呼ぶには、節度のある、微笑ましいものではあったが……。

カンヌ映画祭に出席した際、モナコのレーニエ公とほんの短い会談をしたグレースは、あのあと彼と密《ひそ》かに文通をしていたのだ。

会談から数日後、グレースはレーニエ公宛に礼状を送った。良家の子女としては当然の礼儀だったが、彼女に好印象を抱いていたレーニエ公は、さっそく返事を書いた。

後にレーニエ公は、「うれしかったのと同時に驚きました。映画で観たり、雑誌などで読んだりする彼女とは、あまりにも違っていましたから」と回想している。

そして、グレースもまた返事を書いた。こうして夏頃には、二人の間に手紙が行き交うようになっていた。

当初、グレースの手紙は、戸惑いもあって控えめな内容だった。一方、英語とフランス語を自在に操るレーニエ公の手紙は、機知に富んだ洒落《しゃれ》た文章で、読み手を魅了した。グレースはしだいに、おとぎの国のプリンスに親しみを感じるようになった。

やがてグレースは彼に、二人が宮殿で出会ったあの会談は、あまり乗り気ではなかったことを打ち明けた。その手紙を読んだ瞬間から、レーニエ公は彼女に恋心を抱いた。彼も同じ気持ちだったからだ。

レーニエ公は、誠実で、真面目で、正直なグレースに心を打たれた。彼女のユーモアのセンスも気に入った。美とエレガンスを兼ね備えている一方で、アメリカ人らしく自然で気取らないところも新鮮だった。彼女のことを知れば知るほど、レーニエ公のグレースに対する想いは募っていった。

文通を続けるうちに、二人は多くの共通点があることに気づいた。レーニエ公の両親は彼が幼い頃に離婚しており、グレースと同じように、親の愛を渇望する孤独で内気な少年時代を過ごしていた。それに互いに何かと注目される立場であることへの不自由さと心地悪さも理解し合えたし、何より重要なのは、二人とも敬虔《けいけん》なカトリック信者だということだった。

そして、5月31日で32歳になったレーニエ公は、側近たちから結婚を迫られていた。世継ぎを残すのは君主に課された責務であり、国家を繁栄させるためにも必要なことだった。

モナコは19世紀半ばのシャルル三世の時代に、国土が10分の1以下になったものの、フランスで禁止されていたカジノを開設することで、王侯貴族が集う社交の場として繁栄した。

シャルル三世以降の歴代の君主たちも、モナコを文化・観光都市にするべく、芸術面や学術面に力を注ぎ、モナコ・グランプリの開催やサッカーのクラブチーム、ASモナコの創設などに努めてきた。

だが、レーニエ公の治世には、第二次世界大戦後の経済難もあってすっかり廃《すた》れ、時代遅れの存在となってしまっていた。レーニエ公がグレースと知り合った頃、モナコの財政は危機的状況だった。

当時、イギリスの小説家で劇作家のサマセット・モームは、モナコを〝陰の人々が陽を浴びる場所〟と呼んだ。その陰の人々の代表が、ギリシャ国籍の海運王アリストテレス・オナシスだ。

常にスキャンダルの匂いがつきまとうオナシスは、レーニエ公のビジネスパートナーであったにもかかわらず、事実上、カジノを乗っ取っていた。さらにレーニエ公の持ち株銀行の一つ、モナコ貴金属銀行は倒産寸前だった。

レーニエ公にとって、斜陽のモナコのイメージを払拭できるような結婚相手を見つけることが急務となっていた。だからと言って、両親のような愛のないご都合主義の結婚はしたくなかった。

レーニエ公の母親シャルロット公妃は、ルイ二世がフランス軍の軍人としてアルジェリアに駐屯していた若い頃に、離婚歴のある子持ちのキャバレー歌手に生ませた娘だった。シャルロット妃は、二十歳になるまでルイーズという名の私生児として育った。ところがルイ二世に後継者がいなかったために、一夜にして公女となり、ピエール・ドゥ・ポリニャック伯爵と政略結婚させられたのだ。

シャルロット妃はアントワネットとレーニエの二人の子供をもうけると、義務は果たしたとばかりにイタリア人医師と駆け落ちし、ポリニャック公と離婚した。そのため、ルイ二世が亡くなった際、孫のレーニエ皇太子が25歳で即位することとなったのだ。

若くして君主となったレーニエ公には、浮名を流したガールフレンドも大勢いた。中でもフランスの女優ジゼル・パスカルとは、6年間ほど公然と同棲していたこともあった。だが、結婚を考えるほどの相手はいなかった。そこに現れたのが、グレースだった。

レーニエ公はしだいにグレースと文通するだけでは飽き足らなくなり、二人の関係を前進させたいと考えるようになった。そのためには、再会の場が必要だった。

彼は、バチカンから派遣されていた宮廷司祭であるアイルランド系アメリカ人のフランシス・タッカー神父に相談した。当時、73歳のタッカー神父は、孤独なレーニエ公が宮殿内で唯一、信頼する父親的な存在だった。

タッカー神父の尽力で、レーニエ公はアメリカに渡って、クリスマスにフィラデルフィアのケリー家でグレースと再会することになった。レーニエ公にとっては、初のアメリカ訪問だった。

この件は極秘裏に進められていたが、フランスとの保護友好条約により、継承問題にかかわる結婚については、フランス政府の承認を得なければならなかった。そこでレーニエ公は、お妃候補と見合いをするためにアメリカを訪問し、場合によってはプロポーズする可能性があることを公式にパリに伝えた。

そしてタッカー神父は、本命がグレースであることをマスコミに覚《さと》られないよう、実際に見合いをするお妃候補を数人、用意。レーニエ公と主治医のドベール・ドナ、タッカー神父の一行は、外航定期船でニューヨークへと向かった。

その頃、グレースはＭＧＭ製作の映画、『白鳥』のヒロイン、アレクサンドラ役に取り組んでおり、撮影は終盤に入っていた。

『白鳥』のストーリーは、グレースの実生活と不気味なほど似通っていた。良家の子女であるブロンド美人のアレクサンドラは、ヨーロッパのある国の王子からプロポーズされ、結婚するかどうか決断を迫られるというものだ。

その夢物語の何かがグレースの琴線に触れたらしい。さほど魅力的な内容の作品でもなく、オファーがあったわけでもないのに、彼女のほうからアレクサンドラ役を切望したのだ。ＭＧＭに異論があるはずもなく、この映画出演が両者の長年の確執を解消するきっかけとなった。

一方、ヨーロッパでは、レーニエ公がお妃探しの旅に出たことで、以前、パリマッチ誌に会談の写真が掲載されたハリウッド女優とのロマンスの可能性を、マスコミが探り始めていた。噂《うわさ》はアメリカまで届いたが、グレースはきっぱりと否定した。彼女は心から憤慨しているように見えた。

『白鳥』の撮影は、クリスマスの数日前に終了し、23日の夕方にニューヨークに戻ったグレースは、エージェントのジェイ・カンターが自宅で開いていたクリスマス・パーティに出かけた。彼の妻のジュディは長年の親友であり、他にも気の置けない友人たちが出席していた。だが、グレースは明後日にフィラデルフィアの実家で、モナコの大公殿下と会う件については、おくびにも出さなかった。

昔からの友人にさえも隠し通そうとしたのは、グレースがそれだけ真剣に考えている証拠だった。レーニエ公との再会がどんな結果になるのか、彼女にはまだ何の確信もなかった。だが、中途半端に漏れるようなことがあれば、すべてが水の泡になってしまうことだけは明らかだった。

グレースとレーニエ公との再会は、タッカー神父の期待以上に首尾よく運んだ。彼がアイルランド系の聖職者であることも功を奏した。背が高く、がっしりとしていて彫りの深い顔立ちの神父は、ひと目でアイリッシュと判る風貌をしていた。ジャック・ケリーはすぐに見抜き、たちまち意気投合した。二人の間では、その日のうちに、レーニエ公とグレースの結婚の可能性について話し合われた。

25日の夕方から27日にかけて、レーニエ公は寝る間も惜しんでグレースと一緒の時間を過ごした。そして翌日には、ニューヨークに戻らなければならない彼女を、ドナ医師とともに車で送っていった。グレースは数週間後に撮影が始まるMGM製作映画、『上流社会』のために、歌のレッスンをしなければならなかった。

フィラデルフィアからニューヨークまでの車中、レーニエ公は後部座席での抱擁や尽きない会話を楽しんだ末に、ついにプロポーズにこぎつけた。すでに重要な決断をする準備ができていたグレースは、躊躇《ちゅうちょ》することなく承諾した。『白鳥』の撮影中、彼女は現実の自分を映画の中のヒロインに重ね合わせ、期待と不安を交錯させつつ、じっくりと考えていたのだ。

レーニエ公は理想の結婚相手としての条件を満たしていた。一度も結婚したことはなく、小国とはいえ、独立国の君主で、敬虔なカトリック信者だ。今度こそ、両親も名誉に思うことはあっても、反対するはずはなかった。

それに人一倍自尊心の強いグレースは、レストランに一緒に入ったとき、〝ミスター・ケリー〟と呼ばれるような、自分よりも社会的に格下の男性とは結婚したくなかったのだ。

30日、グレースは五番街の自分のアパートに親しい友人たちをディナーに招いた。そしてタッカー神父立ち合いのもと、皆にレーニエ公を紹介し、とびっきりのビッグニュースを明かした。

正式な婚約発表は、年が明けた1月6日、二人でフィラデルフィアのケリー家に戻って行われた。その記者会見の場で、レーニエ公と腕を組んでソファに座ったグレースは、すでにお妃の風格を漂わせていた。

アメリカ中がこの結婚を祝福した。ファッション雑誌はこぞってグレース・ケリーのファッションを分析する特集を組み、どのブティックのショーウィンドウにも同じような服が並べられた。

NBCの本社が入っているラジオ・シティのスタジオの壁には、モナコ時間を指す時計がかけられ、2週シリーズでモナコ公国の歴史と文化を紹介する番組を放送した。

ブロードウェイでは、急遽《きゅうきょ》、グレースの実生活を地でいくような物語、『ハッピー・ハンティング』が製作された。

国民の誰もがグレースの親戚のようなつもりになって、彼女とプリンスの夢物語に酔いしれた。グレース自身も雲の上に乗っているような気分だった。レーニエ公と結婚すれば、映画の世界が現実となるのだ。南仏のお城に住み、そこで永久にお妃として生きていける。

だが、問題がないわけではなかった。レーニエ公はマスコミの記者の取材攻勢に慣れていなかったために、記者会見やニューヨークで行われた婚約を祝うチャリティ舞踏会のたびに不機嫌になった。

なぜ王族である自分が、記者の不躾《ぶしつけ》な質問に答えなければならないのか、何枚も同じポーズの写真撮影に愛想よく応じなければならないのか、まったく理解できず、尊大な態度を崩そうとはしなかった。

その結果、彼はアメリカ人の目には嫌みで陰気な人間に映り、世間の評価は微妙なものとなった。シカゴ・スター誌などは、容赦なくこき下ろした――〝レーニエ公は、ケリー家にはふさわしくない。育ちのいいグレースが、賭博場を経営する陰気なプリンスと結婚するなど、まったくお門違いだ〟。

さらに婚約の手続き上の問題が浮上した。モナコはフランスの法律、ナポレオン法典のもとに成り立つ国である。結婚に際しては、フランスと同じように夫婦財産分離――結婚時に所有している財産はすべて、結婚後もそれぞれの個人に属する――という法律に基づいて、正式な契約を取り交わすのが慣例となっていた。

この慣例については、ジャック・ケリーはまったく異存がなかった。グレースが結婚するときには、他の二人の娘と同様、ケリー・レンガ会社の株を与えてやるつもりでいた。したがって、もしもグレースが離婚するようなことになったとしても、ケリー家の財産を守れるのはありがたかった。

しかし、タッカー神父が持参金の話を切り出すと、民主主義者であるジャックは激怒した。持参金とは、娘が貴族階級に嫁ぐことによって得られる権利に対し、父親が支払うお金のことで、昔からの伝統だった。事実、ヨーロッパの貴族は、特権的な暮らしを維持するために、莫大な持参金目当てにアメリカから花嫁を迎える者も多かった。

ジャックは、相手が誰であろうとグレースを嫁がせること自体が持参金だと豪語し、結婚は白紙だと騒ぎ立てた。

結局、この問題は、相当額あるレーニエ公の所有財産の証明書を提出することで決着した。ジャック・ケリーが渋々払った持参金の額は公表されていないが、要求された金額を下回ることはなかっただろう。

それでもこれらの問題は、グレースにとっては大した悩みではなかった。彼女がもっとも恐れていたのは、レーニエ公の主治医による検査だった。

タッカー神父が今回のアメリカ訪問にドナ医師を加えたのは、夏に盲腸の手術をしたプリンスの健康を気づかってのことではなかった。表向きはボルティモアのジョン・ホプキンス病院でメディカルチェックを受ける予定を入れ、そのために主治医を同行したことになっていた。だが、実際のところは、未来の公妃が世継ぎを産める体かどうか、診断するためだったのだ。

グレースはドン・リチャードソンに電話して訴えた。

「これで、私が処女でないことが知られてしまうわ」

彼とは、1年ほど前から再び連絡を取り合うようになっていた。オスカーを獲得したとき、グレースは真っ先に女優人生の原点となった演劇学校の恩師であるリチャードソンに、お礼の電話をかけた。それがきっかけで何かと相談に乗ってもらう父親的な存在となっていた。

リチャードソンは事もなげに言った。

〝体育の授業のときに破れてしまったことにすればいいじゃないか〟

グレースが心配するのも無理はなかった。女優としての彼女の魅力は、純潔なクールビューティのイメージによるところが大きく、その純潔さは、お妃には絶対不可欠な要素であった。当時は、お妃になる女性が処女でないなど考えられないことだった。

レーニエ公側は否定しているが、リチャードソンがグレースから聞いたところによると、検査は実際に行われ、吊革《つりかわ》のようなものをつかまされて局部を何度も突かれたという。

数日後、グレースは弾んだ声でリチャードソンに報告した。

「あの人たち、信じたわ！」

恋愛に関しては衝動的な女であるという現実と、純潔なクールビューティのイメージとの矛盾は、グレースを常に危険にさらしてきた。いつ現実を暴露されてしまうか分からなかった。だが、婚約が決まった今、その危険から永遠に解放されるメドがついたのだ。レーニエ公と結婚して公妃となったら、もう取り繕う必要などなかった。女優グレース・ケリーの数々の恥ずかしいスキャンダルは、このまま忘れ去られるはずだった。

ところが婚約の正式発表から10日も経《た》たないうちに、グレースは奈落の底に突き落とされた。母親のマーガレットがロサンゼルスのある有名雑誌に回想録と称し、〝娘、グレース・ケリーの人生とロマンスを語る〟と題した暴露記事を載せたのだ。その記事を新聞も取り上げ、アメリカ中で発表された。

この10回シリーズの暴露記事には、あらゆる個人的なことが詳細に語られており、赤面ものの内容となっていた。〝レーニエ公はグレースに結婚を申し込んだ、少なくとも15人目の恋人だった〟というのはまだしも、ハイスクール時代のボーイフレンドから演劇学校時代の恩師、銀行員、ホテルの宴会担当マネージャー、イランの若き国王、ビジネスマン、ファッションデザイナー、共演した俳優や大物スターに至るまで、実名こそ出さなかったものの、一人残らず昔の噂話をいちいち蒸し返し、娘との関係を暴いてみせたのだ。

そして、最後につけ加えた。49回もの間違った選択から娘を救い出し、50番目の正しい選択に導いたのは、自分たち両親の努力に他ならないと……。愚かにも、娘は処女だとのたまうことも忘れなかった。

記事にあったマーガレットの釈明によれば、今まで流されてきた誤った報道を正すために、真実を語ることにしたのだという。

母親がどうして娘にそんな仕打ちができるのか、グレースは到底、理解できなかった。

その理由は10回シリーズの記事の文頭に毎回、記されていた――〝ミセス・ケリーの志により、この記事の使用料はすべてフィラデルフィアの女子医大に寄付されます〟。

マーガレットは娘を売ってまで、女子医大のために資金集めをしたかったのだ。この一件で、グレースのこれまでの純潔なクールビューティのイメージは、一瞬にして崩れ去った。プリンスとの婚約が決まったばかりの大事な時期だというのに……。

グレースは怒り心頭に発して母親に電話し、ものすごい剣幕で胸の内を洗いざらいぶちまけた。彼女が親に刃向ったのは、あとにも先にもこのときだけだった。

結婚式を4月に控え、未来の公妃グレースは、独身最後の映画となる『上流社会』の撮影に入った。この映画は、演劇学校の卒業公演の演目と同じ『フィラデルフィア物語』をミュージカル仕立てにしたものだった。

再びトレーシー・ロード役を演じることになったグレースは、コール・ポーター作曲の歌を2曲、歌うことになっていた。共演者は歌謡界の大御所であるビング・クロスビー、フランク・シナトラ、そしてジャズミュージシャンのルイ・アームストロングといったそうそうたる顔ぶれだ。

キャスティングの際にグレースの歌を聴いた音楽監督は、共演者と互角に歌うのは無理だと判断。トレーシー・ロードのパートを歌う吹き替えの歌手を用意した。

だが、出演が決まった半年前から歌の個人レッスンを受けていたグレースは、サウンドトラックを自分で歌うと主張して譲らなかった。彼女にしてみれば、吹き替えの歌手を使うなど、女優としてのプライドにかかわる問題だった。

グレースはMGMのトップに直談判し、2曲を自分で歌い上げた。1曲は酔ってふらついているシーンだったので、わざと調子を外して歌った。もう1曲の『トゥルー・ラブ』は、甘いバラードで、ビング・クロスビーとのデュエットソングだったが、見事に彼とハーモニーを奏でてみせた。

サウンドトラック盤は売れに売れてプラチナディスクとなり、音楽監督は今さらながらにグレースの女優魂を思い知らされた。グレース・ケリーは、まさに骨の髄まで女優だった。

この映画の中では、ヒロインのトレーシー・ロードが、大きなダイヤモンドの婚約指輪を見せびらかすシーンがあったが、小道具係が用意したのは、ひと目で偽物と分かるガラスのダイヤモンドだった。

そこでグレースは監督の了承のもと、レーニエ公から贈られた本物のダイヤモンドの婚約指輪をはめて撮影に臨んだ。そのエメラルドカットの指輪は10・48カラットもあって息を呑むほど美しくゴージャスだった。グレースのほっそりとした指できらめく大きなダイヤモンドを目にしたスタジオ内の人々は、ため息や感嘆の声を漏らし、そのざわめきはしばらく止まなかったという。

1月下旬、レーニエ公が再び訪米。父親のピエール・ドゥ・ポリニャック公も、グレースに会うために同行していた。ポリニャック公は細身で優しそうな顔立ちの、いかにも貴族然とした老紳士だった。どうやらレーニエ公は、母親の血筋を多く引いているらしく、父親とはあまり似ていなかった。

MGMはレーニエ公一行のために、役員用ダイニングルームにランチの席を用意した。撮影中のグレースも同席したが、初めて義理の父に会った彼女は、緊張のあまり顔面蒼白《そうはく》だった。

その席で、契約問題が話し合われた。結婚後、グレースが女優を続けるかどうかというのは、世間の大きな関心事だった。だが、グレースもレーニエ公も、記者の質問には答えを曖味にしてきた。

グレースのほうは、これからの生活がどのようになるのか何も分かっておらず、しばらくは休業しても、機会があれば、映画に出たいと思っていた。

一方、レーニエ公のほうは、当然、女優業は辞めるものだと決め込んでいた。第一、彼女に惹《ひ》かれたのは、女優らしからぬ女性だったからだ。彼女が女優を続けても王室には何のメリットもないし、体裁もよくない。彼女の母親が、女優グレース・ケリーの恋愛遍歴を暴露してしまった今は、なおさらだった。

ＭＧＭの重役たちに対し、レーニエ公は断固とした態度を表明した。

「彼女が女優を続けることはないでしょう」

このとき、ようやく憧れの結婚にこぎつけたグレースは、夢見心地で、何事においても彼と意見を違わせるつもりなどなかった。ヒッチコック監督が「グレースがあんなにいい役をとれて、本当にうれしい」といみじくも言ったように、公妃になるということは、今までの女優としての名声を失うどころか、それ以上の名誉を約束してくれる究極の役どころを永遠に演じられるということだった。

その頃、アメリカ中のマスコミがオスカー女優の結婚式の話題で騒いでいた。ＭＧＭもこの流れに乗じ、大人の対応をした。グレースとの契約を打ち切ることを了承したばかりか、結婚式の演出を買って出たのだ。

ウェディングドレスのデザイン費用と製作費および材料費、グレースお気に入りのヘア・スタイリストの派遣費用、そして『上流社会』で彼女が着た豪華な衣装をすべてプレゼントした。さらに退職金として35万2千ドルを支払った。

これらの寛大な対応の見返りとして、MGMが手に入れたのは、モナコでの結婚式の独占放映権だった。

『上流社会』の撮影は、3月に終了を迎えた。最後にスタジオのセット内で、グレース扮するトレーシー・ロードが新聞記者役のフランク・シナトラとドライブをするシーンを撮り終えると、周囲から温かい拍手が湧き起こった。

MGMの重役から花束を贈られ、共演者やスタッフに見送られてセットから出てきたグレースは、一抹の寂しさを覚えながらも、その顔は1ヵ月後に控えたロイヤルウェディングに対する期待に光り輝いていた。

1956年4月4日、外航船コンスティチューション号が停泊するマンハッタンの84埠頭は、あいにくの雨にもかかわらず、グレースを見送る大勢の群衆で埋め尽くされていた。紙吹雪が舞い、サイレンが鳴り響き、カメラのシャッターがあちらこちらで切られ、まるでカーニバルのような騒ぎだった。

コンスティチューション号は、グレースとその家族や親族66人、ブライズメイド6人を含む50人以上の友人、およそ80人ものジャーナリスト、それにケーリー・グラント夫妻から贈られた黒のプードル犬オリヴァーを乗せ、嫁入り道具である4つのトランク、20個の帽子のボックス、その他56個の荷物を積み込み、大西洋を渡ってモナコへと向かうことになっていた。

出航の2時間前、グレースは黒塗りのリムジンで到着し、記者会見に臨んだ。港に設けられた会場には、250人ほどの記者やカメラマンが集まり、大混乱となったが、グレースは平静を装い、笑顔で質問に答えた。

「とても幸せですが、同時にアメリカを離れるのは寂しいことです。時々、戻ってくることができればいいのですが……」

雨模様のせいで、その日のマンハッタンは、まるで彼女の行く末を暗示しているかのように霧に包まれていた。レーニエ公と婚約してからまだ3ヵ月ほどしか経っておらず、その間、独身最後の映画の撮影や結婚準備で多忙を極め、これからの人生を考える余裕もなかった。

モナコを訪れたのは、『泥棒成金』の撮影のときと、レーニエ公と初めて出会ったパリマッチ誌の会談のときの2回だけ。レーニエ公の父親、ポリニャック公とは1月に会ったが、義理の母となるシャルロット公妃とは、まだ一度も顔を合わせていない。

それに公妃という究極の役どころを手に入れたものの、その役を演じるための脚本はなかった。

これからモナコでどんなドラマが待ち受けているのだろうか。霧に包まれた船に乗り込んだグレースは、まるでどこか知らない所に旅立っていくかのようで不安でいっぱいだった。

第三幕　世紀のロイヤルウェディング

1956年4月12日の朝、グレース一行を乗せたコンスティチューション号は、靄《もや》がかかったモナコ沖に到着した。周囲の海上には、グレースを歓迎するかのように、クルーザーやスピードボート、漁船、ディンギーなどの小型船が行き交っていた。

やがて白いヨットが近づいてきた。レーニエ公が花嫁を出迎えるために船を出したのだ。由緒あるモナコ王室の船、デオ・ジュヴァンテⅡ号に乗り換えたグレースの姿は、目も眩《くら》むほど美しかった。エレガントなシルクのロングコートをはおり、白いオーガンディの大きな丸帽子を目深にかぶっていた。

およそ2ヵ月ぶりに再会したレーニエ公とグレースを乗せた船が、キュール港へ向かって進んでいくにつれ、21門の大砲が放たれ、オナシスの飛行艇から赤と白のカーネーションがシャワーとなって降り注ぎ、二人を祝福した。そして、グレースの乗る船が入港した瞬間、曇っていたモナコの空に光が射し込み、港に詰めかけていた群衆から歓声が上がった。

船着場では、ブラスバンドの陽気な演奏が流れる中、燕尾《えんび》服を着てシルクハットをかぶったモナコの高官たちをはじめ、大勢のモナコ国民やジャーナリスト、観光客が待ち受けていた。沿道を埋めた子供たちはモナコとアメリカの国旗を振り、海辺に建つパステルカラーのヴィラのバルコニーには、遠路はるばる嫁いできたお妃を歓迎する笑顔があった。

グレースとレーニエ公はロールスロイスのコンバーチブルに乗り込み、歓声に包まれた港町を通り抜け、曲りくねった坂道を上り、丘の上の宮殿へと向かった。

これから結婚式までの1週間は、毎日のように歓迎行事やパーティが催されることになっていた。これらのイベントは、王族の結婚に際しての昔からのしきたりで、両家の人々が親しくなるいい機会でもあった。親しくなりたければの話だが……。

パーティは、到着したその日のランチからさっそく始まった。ケリー家の面々とグリマルディ家の礼装に身を包んだ王族が握手をしたり、挨拶を交わしたりしたが、その場の雰囲気は、港での熱狂的な歓迎ぶりとは、程遠いものだった。

中でも義理の母になるシャルロット公妃の冷たく、ふてぶてしい態度に、グレースは打ちのめされた。彼女は息子の嫁に対して、あからさまな嫌悪感を見せた。初対面の場であるにもかかわらず、感情をあらわにし、「息子は貴賤《きせん》結婚をしようとしている」と言い立てた。

貴賤結婚とは、王族が身分の低い者と結婚した場合は、王位継承権を失うという法律だが、とっくに前世期の遺物となっており、シャルロット妃の嫌がらせに他ならなかった。

シャルロット妃が息子の嫁を毛嫌いした理由は、ただ一つ。元夫のポリニャック公がグレースを気に入っていたからだ。1月にアメリカを訪問して帰国したポリニャック公は、グレース・ケリーこそ、息子が探し求めていたモナコにふさわしいお妃だと断言した。それを聞くなり、シャルロット妃はまだ会ったこともないグレースに真っ向から反対したのだ。

シャルロット妃は生涯、アメリカのレンガ職人の娘を、息子の嫁とは認めなかった。彼女の没後、ティアラなどの王族としての威厳を保つための宝石類は、本来ならば一人息子の妃であるグレースに引き継がれるべきものだったが、すべて孫のカロリーヌ公女に贈られた。

シャルロット妃は、モナコ王室の問題児だった。イタリア人医師と駆け落ちしたあと、夫のポリニャック公を「あの人は、王冠をかぶらずにはセックスできない」と公然と中傷した。そのイタリア人医師とも、口論の末に銃口を向け、別れることとなった。

すると今度は、仮釈放で刑務所から出てきた罪人たちとつぎつぎと恋に落ちた。王族にあるまじき前代未聞のスキャンダルだった。彼女は堕落した男たちを更生させるのが使命だとでも思っているのか、その一人を、グレースの結婚式に自分の運転手として同行していたのだ。白い制服に身を包んだ運転手は、仮釈放されたばかりの有名な宝石泥棒だった。

そして、事件が起こった。ジャック・ケリーの旧友で新聞社社主の妻の5万ドル相当の宝石が、宿泊中のオテル・ドゥ・パリの部屋から忽然《こつぜん》と消えたのだ。その数時間後、グレースのブライズメイドの８千ドル相当の宝石も消えた。

世界中からモナコに集まっていたおよそ２千人ものジャーナリストたちは、映画『泥棒成金』さながらの事件に、喜んで飛びついた。

真っ先に疑われたのは、シャルロット妃の運転手だった。レーニエ公は憤慨し、運転手に強制退去を命じようとした。だが、シャルロット妃は彼と別れることを拒み、ポリニャック公が息子に加勢したことで、騒ぎは表沙汰になった。

あるレセプションの席上で、花婿の老いた父母がすさまじい喧嘩《けんか》を披露したのだ。二人は人目をはばかることもなく、互いを侮辱し、口汚くののしり合った。ポリニャック公は前妻が私生児であった過去や、祖母は洗濯女だったことまで暴いてみせた。

グレースは驚くと同時に、ぞっとした。彼女の夢見ていた公妃の生活は、義理の母によって、おとぎ話とは似ても似つかぬものだと思い知らされた。

およそ７００年にわたって権力の座に君臨し、ヨーロッパでもっとも古い王族であるにもかかわらず、グリマルディ家は争いの絶えない一族だった。事情を世間に知られようと、一向に構わなかった。グレースが嫁いだ当時も、グリマルディ家の人々は皆、仲が悪く、ろくに口も利かない有り様だった。

レーニエ公も孤独な環境にありながら、たった一人の血のつながった3歳上の姉、アントワネット公妃との仲さえ、良好とは言い難かった。アントワネット妃は生まれつき体が華奢《きゃしゃ》だったため、タイニィ《小さい》と呼ばれ、子供の頃から弟とよく喧嘩していたという。

アントワネット妃は最初の夫であるテニスプレーヤーと離婚し、その後、国会議員で野党の党首でもある地元の貴族、ジャン＝シャルル・レイと恋に落ちて再婚した。レーニエ公は、何かといわくある野望家のレイを嫌い、閣議などで毎日のように顔を合わせても、ほとんど口を利いていなかった。

グレースとレーニエ公の結婚に際し、ヨーロッパのすべての王室は、祝いの品こそ贈ったものの、結婚式への出席はことごとく断っていた。それはグリマルディ家の長年にわたる醜い争いや確執が原因だった。自分たちが顔を出すことによって、グリマルディ家の結婚式の品位を高めるつもりなど、さらさらなかったのだ。

モナコを牛耳るオナシスの胡散《うさん》臭いイメージもあり、日頃から、グリマルディ家は派手で安っぽい王室だと思われていた。周囲から軽蔑されていることを自覚すると、人間は往々にして開き直って傲慢になる。シャルロット妃はまさにその典型だった。レーニエ公にも若干、その傾向はあったが……。

モナコに押しかけたおびただしい人数の記者やカメラマンたちも、グレースのおとぎ話への幻想を打ち砕いた。マスコミの厚かましさ、不作法さ、騒々しさはしだいに手に負えなくなり、今や、モナコを侵略する未知の生物のような様相を呈していた。

ある日の午後、レーニエ公がグレースを助手席に乗せて車を運転していると、道の真ん中に一人の男が倒れていた。レーニエ公がブレーキをかけ、男を助け起こそうと車から降りたとたん、どこからともなくカメラマンたちがどっと押し寄せた。そして倒れていた男も飛び起き、彼らと一緒になってシャッターを切ったのだ。

コンスティチューション号での航海中も同じような状況におちいったが、モナコの騒ぎの規模とは比較にもならなかった。それに船では、マスコミ慣れしているジャック・ケリーがリーダーシップを発揮し、記者連中を何とかなだめることができた。

しかし、モナコ王室は何の手を打つこともできず、まるで暴動でも起きているかのようだった。

報道機関の異常な過熱ぶりについては、モナコ王室側にも原因があった。レーニエ公は自分たちのプライバシーを守ろうと神経過敏になっており、撮影禁止地帯を設けていた。アメリカでは無礼な扱い方をされても我慢する必要があったかもしれないが、モナコは自分の国だ。何も我慢することはないと思っていた。

地元の学校の一つがプレスセンターとして使われていたものの、センター所長を命じられた若いモナコ人はマスコミの対応には不慣れだった。記者との接触や連絡事項は、すべてフランス語で行い、マスコミからの圧力が強まってくると、自室に閉じこもって誰とも口を利かなくなってしまった。所長の尊大な態度は、不必要な混乱を招き、怒りを買った。

結婚式の4日前の夜、グレースとレーニエ公はあるレセプションに出席していた。会場の外には、雨の降る中、何百人ものカメラマンや記者が、長時間にわたってロイヤルカップルが出てくるのを待ち続けていた。

ところが会場から出てきたグレースとレーニエ公は、傘で顔を隠すようにして車に乗り込み、運転手に発進させた。たちまち抗議のブーイングが湧き上がった。彼らは車を取り囲み、警官たちともみ合いながら拳を振り上げ、怒りをぶちまけた。

「グレーシー、アメリカに帰ろう!」

誰かが叫んだ。その言葉は、まさにグレースの気持ちを代弁していた。できることなら、逃げ出したかった。顔にこそ出さなかったものの、モナコに来てから、この結婚は間違いだったかもしれないという思いが日々、募っていた。

後年、彼女は結婚式前の1週間を、「すべてが悪夢のようでした」と述懐している。グレースとレーニエ公が自分たちの結婚式の写真や映像を見て、素直に喜べるようになったのは、結婚1周年を迎える頃になってからだという。

マスコミ連中が引き起こした警官との小競り合いでは、二人の記者が逮捕された。この事件がきっかけとなり、レーニエ公は態度を軟化させた。

翌日、グレースのエージェントのジェイ・カンターを宮殿に招き、マスコミ対策を話し合った。その結果、MGMの広報担当者が、毎日、英語とフランス語の両方で行う記者会見を取り仕切ることになった。そして少なくても毎日1回は、スケジュールの合間に、威厳を損なわない程度の写真撮影を許可することにした。

その日は夕方から宮殿内で、カップルとブライズメイドとの正式なディナーが予定されていた。だが、二人は話し合ってビュッフェスタイルのパーティに変更した。

おかげでグレースはようやく安らげる機会に恵まれた。彼女の友人たち10人ほどが急遽《きゅうきょ》、出席者リストに加えられ、パーティは時間が経《た》つのも忘れるほど楽しいものとなった。グレースは皆と一緒に暖炉の前に陣取り、膝の上に皿を載せて食べ、おしゃべりしたり、ウェディングギフトを見せたり、190室もある壮大な宮殿のほんの一部を案内したりした。

レーニエ公もくつろいでいた。懐かしい昔話やジョークの輪に入ったばかりでなく、自らもユーモアたっぷりにグレースに関する逸話を披露した。

「あるとき、私はタッカー神父に、〝グレースがあんなにフランス語を流暢《りゅうちょう》にしゃべるとは驚きだよ〟と言ったんだ。するとタッカー神父は笑って、こう言った。〝殿下、愛は盲目と言いますが、耳も悪くなるとは知りませんでした〟とね」

翌日もぎっしりと予定が組まれており、パーティは真夜中にはお開きにするつもりだった。だが、あまりの楽しさに、午前2時半を回っても、誰も帰ろうとはしなかった。

レーニエ公とグレースは、皆を中庭に案内し、無理やり車に乗せた。空はもう白みかけていたが、グレースはまだベッドには入りたくない気分だった。彼女はこの数日間に何度かレーニエ公に訴えた言葉をつぶやいた。

「何もかも投げ出して、どこか山の中の小さなチャペルで、二人だけの結婚式を挙げられたらどんなにいいかしら」

そのつぶやきを聞きつけたプリンスは、ボディガードもエスコートもなしで、婚約者を連れて宮殿を抜け出した。

レーニエ公の運転するメルセデスは、モナコを出て丘のほうへと向かった。やがて風光明《めい》媚《び》なフランスのラ・テュルビー村の辺りにやってきた。そこで車を降りた二人は、手に手を取って、寝静まった家々の間の山道を上っていった。二人とも無言だった。ただ互いの手の温《ぬく》もりと胸の鼓動を感じながら、一人の男と一人の女として歩き続けた。まるでバージンロードを進むかのように……。

それから車へと来た道を引き返して下っていくと、目の前に広がる地中海の青い海から太陽が昇っていた。

愛する人とともに荘厳な朝日を見つめながら、グレースは自らに誓った。この美しい国に身を捧《ささ》げ、召使いとなり、母となることを……。新しい世界へ踏み出す覚悟は定まった。

1956年4月18日の朝、モナコ宮殿の戴冠の間で、法律上の結婚式が執り行われた。これはモナコの法律で定められた世俗的儀式で、カトリックの宗教的儀式である結婚の儀は、翌日、モナコ大聖堂で挙げられることになっていた。

会場に現れたグレースは、ピンクがかったベージュのレース地の襟付きスーツをエレガントに着こなし、手には小さなバラのブーケを持っていた。

いつもどおり美しかったが、緊張のためか、その表情はこわばっており、疲れているように見えた。元々、ほっそりしているのに、この1週間で5キロもやせていて、今にも消えてしまうのではないかと思うほど、はかなげだった。それでもその青い瞳には、断固とした決意が表れていた。

一方の礼服《ディレクターズスーツ》姿のレーニエ公は、かつてないほど晴れ晴れとした表情だった。念願叶《かな》って、この国の希望の光となるであろう美しいお妃を迎えた喜びが、全身にあふれていた。

式のあとには、モナコの1万人の国民のうち、3千人しかいない生粋のモナコ人を全員、宮殿内の中庭に招いて、盛大なレセプションが開かれた。着飾ったモナコ人たちは、大公とグレース妃の健康を祝って乾杯し、3千人分用意された結婚記念特製ウェディングケーキを頬張った。グレースはモナコの大公妃として、モナコ人の一人一人と握手を交わした。

ガーデンパーティは夜まで続き、宮殿の外に設置されたステージでは、国民から大公夫妻へダンスや音楽などのお祝いの余興が披露され、盛大な花火が打ち上げられた。

翌日、モナコの空はまぶしいほどの快晴だった。港に祝砲が鳴り響く中、ロマネスク様式の大聖堂には、600人のゲストが集っていた。アリストテレス・オナシス、ウィンストン・チャーチル、ウェストミンスター公爵夫人、エヴァ・ガードナー、そしてアジアの君主など、ヨーロッパの王室からの出席者はいなかったものの、それなりに豪華な顔ぶれだった。

多種多様な人々が歴史ある大聖堂に一堂に会し、いわくありげに辺りを見回している光景は、まさにサマセット・モームの金言、〝陰の人々が陽を浴びる場所〟を思い出させた。かく言う本人も最前列に陣取っていた。

結婚の儀は、モナコ公国のジル・バルト司教によって執り行われ、フィラデルフィアのセントブリジット教会区のジョン・カーティン神父が補佐を務めた。宮廷司祭であるタッカー神父は、儀式の進行役に徹し、式の間中、ブライズメイドたちの所作を監督した。

レーニエ公の礼装は、この日のために、ナポレオンに仕えた高官の軍服からアイディアを得て、彼自らがデザインしたものだった。スカイブルーのズボンに、金の羽根飾りや肩章、メダルや勲章で飾り立てた華麗なジャケットに身を固めたその姿は、まさにおとぎの国のプリンスそのものだった。

グレースの花嫁衣裳は、ハリウッドのセンスが光っていた。MGMの威信をかけて贅《ぜい》を尽くしたウェディングドレスで、専属デザイナー、ヘレン・ローズの力作だった。

シルクとシルクタフタ、チュール、そしてヴァレンシエンヌレースがふんだんに使われたシンプルでエレガントなドレスには、125年前に編まれたバラの刺繡《ししゅう》入りレースがあしらわれていた。このバラのレースは、美術館から購入したものだった。さらにロングベールには、数百個の真珠が縫い込まれていた。

きっちりとまとめられた髪にハート型のジュリエットキャップを着けたグレースの姿は、崇高かつ優美で、まるで一羽の白鳥が舞い降りたかのようだった。バッスルやパフで大きく膨らんだドレスが霞《かすみ》のように花嫁を包んでいたにもかかわらず、可憐で美しいシルエットがくっきりとうかがうことができ、見る者を圧倒し、ため息や感嘆の声を誘った。

このドレスはヘレン・ローズが製作した中でもっとも高価なもので、グレースの魅力を最大限に引き出す一方、華やかさだけではなく、厳かな雰囲気を出すために苦心したという。

もしこれが映画用の製作ドレスだったなら、オスカー獲得間違いなしの逸品であった。

父親にエスコートされてバージンロードを進むグレースの表情は、昨日とは打って変わって、光り輝いていた。真珠の十字が縫いつけられたレースカバー付きの聖書と、スズランのブーケを持ったその姿は、落ち着いて堂々としており、どこか神秘的で恍惚《こうこつ》としたものさえ感じられた。プリンセスという究極の役柄を、魂を込めて演じている女優のようでもあった。

この結婚の儀はヨーロッパ9ヵ国に生中継され、3千万人以上の人々がテレビに釘づけとなったと言われており、モナコに世界中から観光客を呼び込むきっかけとなった。

儀式を終えると、大聖堂の入り口の扉が開かれ、大公夫妻を祝福するかのように、地中海の明るい陽射しが入り込んできた。

レーニエ公とともに表へ向かうグレースのあとにつき従っていた友人たちは、彼女の誇りと達成感を分かち合っていた。

ジュディ・カンターをはじめとする6人のブライズメイドたちにとっても、1956年の春は、人生のハイライトとして記憶に刻まれたに違いない。ごく一般的なアメリカ人女性の彼女たちも、夢の世界にほんの少し足を踏み入れることができたのだから……。

大聖堂の外では、すでに群衆が歓声を上げて待ち受けていた。誇らしげな花婿が美しい花嫁を伴って姿を現すと、人々の歓声は頂点に達した。

群衆の歓声に応えた大公夫妻は、コンバーチブルに乗り込み、港の小さな教会へ向かった。そこはモナコの守護聖人、サント・デヴォウトを祭った教会だった。毎年1月のお祭りには、漁師たちが船を焼き、それをサント・デヴォウト教会に捧げていた。グレースも教会の祭壇の前にひざまずき、ブライダルブーケとともに自らを神に捧げたのだった。

そのあと、宮殿の中庭で披露宴が行われた。写真撮影やウェディングケーキへの入刀、600人以上の招待客との挨拶などを経て、グレースとレーニエ公はコンバーチブルで最後のお披露目パレードを行った。

やがて、車は港につけられた。そこにはデオ・ジュヴァンテⅡ号が停泊し、大公夫妻の到着を待っていた。この1週間で最大の行事が無事に終わり、ようやくプレッシャーから解放され、二人だけでコルシカ島へのハネムーンに旅立つことができるのだ。グレースは見送りの家族や友人たちに手を振り、足取りも軽くヨットに乗り込んだ。

ハネムーンの間中、グレースは気分が悪かったが、それは船酔いのせいばかりではなかった。このときすでに妊娠していたのだ。公妃に課されたもっとも重要な任務を、最短で果たしたことは幸運だった。

レーニエ公も大喜びで、8月に入ると、自分がモナコの将来のために行った選択は正しかったという主旨の公式発表を行った。

グレースは生まれてくる赤ん坊に必要な品をアメリカで買い揃《そろ》えるために、9月にはレーニエ公とともに里帰りした。誇らしかった反面、ほんの5ヵ月ほど前に世界中から祝福を受けたばかりの結婚の成果が、こんなにも早く出たことは恥ずかしくもあった。

この旅行の途中、パリで購入した大きめのエルメスのバッグで、膨らんだお腹を隠すようにした姿がマスコミの写真に撮られた。以後、そのバッグの知名度は一気に上がり、〝ケリーバッグ〟と呼ばれるようになった。

ニューヨークでは、ベビー用品の他に、まだヨーロッパでは売られていない最新の電気製品や生活用品を山ほど買い漁った。宮殿内を近代化するとともに、ラ・テュルビー村を見下ろす山の中に別荘を建てる計画もあった。

アメリカ国民は、自国が生んだ公妃グレースの懐妊を熱狂的に祝った。公妃となって帰国した彼女は、幸せを絵に描いたようだった。しかし、モナコに戻る日が近づくにつれ、グレースは憂鬱になった。

4月にコンスティチューション号で大西洋を渡ったときは有頂天で、自分の幸運を盲信していた。あれからまだ半年しか経っていないのに、岩山の宮殿での現実を思うと、胸が締めつけられた。

公妃となったグレースの一番の悩みは、自由がまったくないことだった。一人ではどこにも出かけることができないのだ。18歳の頃からニューヨークで気ままな独り暮らしをしていた彼女にとって、この束縛はもっとも辛かった。

さらに宮殿には大勢の職員や召使いがいて、グレースが従来のやり方を少しでも変えようとすると、些細《ささい》なことでもいちいち反発した。特にレーニエ公から与えられた女官は、グレースに厳しかった。単に職務に徹しているだけなのかもしれないが、行動をいちいち監視されているような気がした。職員や召使いたちも、彼女のアメリカ式のライフスタイルやひどいフランス語を陰で笑っているに違いなかった。

夫との絆《きずな》がもっと強く、安心感が得られるような夫婦関係であったなら、女官たちの冷たい態度もさほど気にはならなかっただろう。だが、レーニエ公といると、グレースはいつも薄氷を踏んでいるかのようだった。

婚約した頃、アメリカで不機嫌なレーニエ公を何度か目にしたものの、彼が傲慢な人間だとは、思ってもいなかった。ハネムーンが終わってモナコに戻ったときになって、夫が激しい気性の持ち主であることを気づかされた。

レーニエ公には優しい面もあったが、予想もできないタイミングで癇癪《かんしゃく》を起した。そういうときは、人目もはばかることなく激しい喧嘩を披露した義理の両親を思い出させた。トラブルの多い家庭に育った彼は、パートナーの人格を尊重するとか、何かを分かち合うといったようなことは、誰にも教わりようがなかったのだ。

グレースがもっとも耐えられなかったのは、長時間にわたってじりじりと伝わってくる不機嫌さや沈黙だった。王族であることが、彼の傲慢さに拍車をかけていた。

レーニエ公はまったく知らない人の前でも、退屈すれば平気で居眠りをした。時と場所を選ぶことなく、まるで年寄りのように大いびきで眠った。それは何かの病気とか、薬のせいではなかった。ただ単に身勝手なだけだった。

半年間の文通やクリスマスの数日間の交際だけでは、婚約者の本当の気性を見抜くには、あまりにも不十分だったのだ。

第四幕　公妃の憂鬱

世紀のロイヤルウェディングから5年後の12月のある日、モナコ公国の曲りくねった坂道を、1台の58年型ロールスロイス、シルバークラウドが、岩山の上に建つ宮殿に向かって走っていた。

やがて、車は丘の途中で停まった。後部座席に座っている頭の禿《は》げた年配の紳士が、首を伸ばして眼下に広がる景色をのぞき込む。すかさず運転手が言った。

「モナコの全景が見渡せます」

「そうだな」

年配の紳士は、気のない返事をした。モナコを一望できる風光明媚《めいび》なその場所を、彼はよく見知っていた。第一、景色を見たくてのぞき込んだ訳ではなかった。おとぎの国に囚《とら》われの身となっているプリンセスの身が気がかりだったのだ。

ほどなくして、宮殿のイタリア様式の回廊には、グレース公妃の女官マッジ・ティヴィ・

フォコンに案内され、足早に進んでいく恰幅《かっ》のいい男の人影があった。

18世紀に建てられたルネサンス様式の宮殿内は、目を瞠《みは》るほど荘厳な造りだが、いかにも時代がかっていて陰気な雰囲気だった。目的の部屋へ行くには、いくつもの開け放たれたドアを通らなければならず、要所要所のドア口に立つ下僕の姿は、亡霊のようでもあった。

背が高くてやせているマッジは、骨ばった背筋をピンと伸ばし、自信に満ちた足取りで歩きながら注意をうながした。

「お話しするときは、大公妃殿下とお呼びください。フランス語でも結構です。くれぐれも王妃《プリンセス》とは呼ばないように」

だが、男は聞こえていないか、壁にかけられたグリマルディ家の人々の巨大な肖像画の前で足を止め、興味深げに見上げていた。

仮面のような無表情の顔に黒縁メガネをかけたマッジの目が鋭く光り、肩ごしに振り返る。

「こちらです。ヒッチコックさん」

その声には、苛立《いらだ》ちがにじんでいた。アルフレッド・ヒッチコック監督が歩き出すと、マッジはさらに奥へと進みながら言った。

「最初に妃殿下の姿を認めたときは、会釈をしても、お辞儀は必要ありません。彼女はイギリスの女王陛下ではありませんから」

一方のヒッチコックは、女官の尊大な態度と、イギリス人である自分に対する嫌みにムッとして、声には出さずに毒づいた——〝あのやせぎす女は不感症に違いない〟。

マッジがさらなるドアを通って奥に進むと、正面に並んだ三人の子供たちの前に立つ、パンツルックのほっそりとした女性の後ろ姿が見えた。

そのパンツルックに、ヒッチコックは見覚えがあった。我が女神《ミューズ》グレースが、かつて好んだファッションだ。シルクのシンプルなデザインのブラウスにタックの入ったパンツをはき、幅広のベルトをアクセントに締めたスタイルは、彼女の形のいいヒップをさりげなく際立たせていた。

公妃となったグレースは、10歳くらいの二人の少女と一人の少年に何かの賞を授けるセレモニーの最中だった。親たちは椅子に座ってその様子を見守っている。

マッジはヒッチコックから離れ、部屋の隅に待機している公妃の個人秘書フィリス・ブラムの横に並んだ。

「ボンジュール、マチルデ。背が伸びたわね。モナコ青年詩人会の優秀賞、おめでとう」

グレースが一人の少女にフランス語で優しく声をかけ、丸めてリボンをかけた賞状と賞品を手渡す。ところが少女は賞状を落としてしまい、グレースは思わず拾うためにかがんだ。

「かがんではいけません」

すかさずマッジの鋭い声が飛び、グレースは決まり悪そうにして立ち上がった。

「あら、失礼」

振り返ったとたん、鼈甲《べっこう》のメガネをかけた青い目が大きく見開かれた。

「ヒッチ!」

グレースの表情には、喜びと同時に戸惑いが表れていた。ヒッチコックはその場の気まずい雰囲気を察し、おどけて見せた。

「カット! と言っていいかな?」

グレースは自分の居室にヒッチコックを案内し、壁が青いことから〝青の間〟と呼ばれている居間のソファに、向き合って座っていた。そこは威厳を損なわない程度にモダンに改装されており、宮殿内の他の部屋より明るく、ずっと居心地がよかった。

バルコニーには、乳母に見守られて遊んでいる5歳くらいの女の子と3歳くらい男の子の姿があった。32歳のグレースは、二児の母になっていた。

「『マーニー』だ」

ヒッチコックがテーブルに1冊の脚本を置いて、グレースの反応をうかがう。監督は彼女がハリウッドを去って5年以上経《た》っても、どうしてもあきらめられなかった。以前からグレースのエージェントのジェイ・カンターを通じて、彼女にぴったりのはまり役を必ず見つけると約束していたのだ。

『マーニー』には、ヒッチコックがこれまでの作品で追究してきた官能的な絡み合いのテーマがすべて盛り込まれていた。不感症の若く美しい女泥棒、マーニーは、満たされない欲求を万引きすることによって紛らわすという内容だった。60年代に入って、ハリウッドの厳しい製作規制が廃止されたことで、今までないほど大胆な描写を取り入れることも可能になっていた。

グレースは興味なさそうにしながらも、そのメガネごしの目は題名に注がれた。

「『マーニー』？」

彼女は昔から気分が沈んだり、自信がなくなったりすると、まるで学校の先生の真似《まね》でもしているかのように鼈甲のメガネをかけ、内にこもっていた。そんなときの彼女は、まさに映画『喝采』の生活に疲れた妻、ジョージーのようだった。そして今、彼女の顔には、隠しようもない疲労と苦悩が表れていた。

一瞬後、メガネを外してヒッチコックと目を合わせたグレースは、女優の顔になった。

「主演男優は？」

「スパイ映画でイギリス情報部員を演じたスコットランド出身の俳優だ。春から製作を開始する。ユニバーサルは100万ドル出すそうだ」

グレースは子供たちのほうを見やり、思案しながら声を絞り出した。

「……お金はどうでもいいの」

「人生を変える大役になるぞ」

ヒッチコックが言わんとしていることが分かり、グレースは寂しげに微笑んだ。

「私、そんなに不幸に見える？」

「やつれた顔だ」

ヒッチコックは共感の笑みを浮かべ、その元凶を探るかのように辺りを見回した。

「大公はどこかね？」

「顔を合わせていないの。彼、公務で忙しくて……」

ちょうどそのとき、ドア口にマッジが影のごとく現れ、グレースは話題を変えた。

「宮殿に泊まっていくでしょ？」

ヒッチコックにも、彼女がにわかに緊張しているのが分かった。

「ロスに戻らないといけないんだ」

「そんな……」

「ケーリー・グラントに『鳥』の脚本を渡したが、感想が気になってね」

グレースの胸にたちまち懐かしさが込み上げてくる。

「彼は元気？」

「元気だとも」ヒッチコックは立ち上がりながら言った。「彼の奥さんは、まだ君に嫉妬しているよ」

グレースがクスクス笑い、ヒッチコックは彼女を笑わせたことを満足して言い添えた。

「忘れるな。君は今でもアーティストだ」

その言葉に、グレースは胸を打たれて一瞬、思いに沈んだが、彼が出ていこうとしていることに気づき、急いで立ち上がった。

「ヒッチ」

ドア口で振り返ったヒッチコックに、グレースは無理やり微笑んだ。

「私は大丈夫よ」目でモダンに改装した室内を示し、肩をすくめて見せる。「幸せにしているわ」

ヒッチコックは何も言わず、完璧な仕草で会釈した。

「殿下」

彼がマッジとともに出ていくと、グレースの顔からはたちまち笑みが消えた。『マーニー』の脚本を手に取り、それを抱き締めるようにしながら、再びバルコニーにいる子供たちに視線を投げかけた。

結婚9ヵ月目で長女のカロリーヌ公女が生まれ、その1年2ヵ月後には待望の世継ぎとなる息子のアルベール公子も誕生し、グレースはグリマルディ家とモナコ公国の存続を確かなものした。だが、その後は二度の流産が続き、精神的にも肉体的にもぼろぼろの状態だった。加えて1年ほど前に、父親のジャック・ケリーが胃ガンのために亡くなり、彼女は大きなショックを受けていた。

ヒッチコック監督が映画出演の話を持ち込んだこの時期、グレースはふさぎ込み、自分を見失っていたのだ。

それに映画での栄光は、もう過去のものだった。今のグレースには、何かと気難しい夫や手のかかる子供がいるし、公妃としての務めもある。しかし、銀幕復帰にまったく未練がないとは言い切れなかった。

グレースは、公妃としての務めは見事にこなしていた。エレガントなファッションに身を包み、自然な笑みを浮かべ、威厳を保ちつつも温かい人間味のあるイメージを周りに振りまいてきた。だが、公妃に期待されているのは、それだけだということに、ある日、気づいた。

彼女が何かに挑戦したり、自分の感情を周りにアピールしたりする機会は、公妃の日常の中では、ほとんどあり得なかった。そこには、グレースが常に追い求めてきた、演技しているときのような強い感情や刺激は存在しない。

レーニエ公と結婚して公妃になったとき、グレースは自分が何を失うかさえ、分かっていなかったのだ。


ハリウッド女優グレース・ケリーがモナコに嫁いできたことは、資源を持たない小国の経済に劇的な影響を及ぼした。

モナコは法人税が安く、所得税もなかったために、納税逃れの移住者も多かったが、それはほんの一握りの億万長者にしか知られていない公然の秘密であった。ところが世紀のロイヤルウェディングによってモナコの知名度が上がると、税法上の優遇措置も世界中に広く知れ渡ることとなった。

この機に乗じ、レーニエ公はモナコの経済成長を積極的に推進した。シカゴ・スター誌に指摘されるまでもなく、彼は自国の財政が長い間、カジノ収入に依存してきたことを恥じていたからだ。

レーニエ公は、元ニースのアメリカ副領事だった弱冠29歳のマーティン・デイルを自らの経済担当補佐として起用した。頭脳明晰《めいせき》でやり手のデイルは、モナコ経済開発公社（ＭＥＤＥＣ）を設立。商工会議所の運営も手がけ、2年も経たないうちに１０３もの企業体をモナコに誘致し、数百を超える外国企業に事業許可を与えた。

問題だったのは、これらの企業の大部分がフランス国籍だったことだ。フランスの企業がモナコに進出するためには、モナコでオフィスを借り、MEDECを通じて法人登録をするだけで済んだ。生活基盤をモナコに移す必要はなかった。借りたオフィスは、住居としてモナコ住民に又貸し、家賃収入を得ることも可能だった。一旦、モナコで法人登録をしてしまえば、フランス政府に50パーセントもの高額な法人税を払うことなく、フランスに住み続けることができた。

当然、フランスは面白くなかった。これまで保護下に置いて、100年間も税法上の優遇措置を容認してきたのに、モナコはいつの間にか一人歩きを初め、確実に利益を上げているのだ。

フランスの強権的なシャルル・ド・ゴール大統領にとって、もっとも屈辱的だったのは、アルジェリア独立紛争の結果、植民地の多くの住民が、フランスの税を逃れるために、モナコに移住したことだった。

フランスに苦渋を舐《な》めさせられてきた移住者たちは、ためらうことなくド・ゴール大統領を敵に回した。彼らは『ジャッカルの日』を彷彿《ほうふつ》とさせる大統領暗殺を目的とした秘密軍事組織（OAS）を公然と支持し、資金援助を行った。

フランスにしてみれば、飼い犬に手を噛《か》まれた格好となり、結果的にレーニエ公の経済政策は裏目に出た。

フランスとの友好関係が危うくなる中、モナコを牛耳る海運王アリストテレス・オナシスのクルーザー、クリスティーナ号では、相も変わらずパーティが催され、おとぎの国の夜に華やかな彩りを添えていた。

カジノのあるモンテカルロの港に停泊しているクリスティーナ号が、船首から船尾までライトアップされた姿は、まるで海に浮かぶクリスマスツリーのようだった。

一人娘にちなんでクリスティーナ号と名づけられた豪華客船は、オナシスの富と権力の象徴であった。船内には、90室の贅《ぜい》を凝らしたスイートルームや育児室、劇場があり、プールも備わっていた。プールの底はデッキラインまで上がり、ダンスフロアにもなった。

オナシスはクリスティーナ号でパーティを開いては、その席に世界的に有名なオペラ歌手の愛人、マリア・カラスをはべらせ、モナコにおける権力を誇示していた。

もともとオナシスはギリシャの海運王の娘と結婚することで、自らの海運事業を拡大した人物であった。だが、1957年の9月、あるパーティでマリア・カラスと出会ったオナシスは、その2年後の夏、彼女をクリスティーナ号でのバカンスに招待した。当時、マリアにも配偶者がいたが、親密な関係になると、二人とも離婚し、愛人関係を続けている。

その夜もクリスティーナ号では、モナコ名物となっている盛大なパーティが催されていた。プールサイドでバンドが軽快な音楽を奏でる中、大勢のブラックタイやイブニングドレス姿の着飾った特権階級の人々が集っている。

目にもまばゆいゴールドのイブニングドレスに、ホワイトのファーティペットをわざとずらして肩に巻いたグレースは、誰よりも人目を惹《ひ》きつけた。彼女は、地元の有力者であるバチオッキ伯爵夫人を案内し、人混みの中を縫うようにして進んでいた。

50代のバチオッキ伯爵夫人は黒のローブデコルテ姿で、小柄だが貴族特有のオーラと尊大さを漂わせている。

「あなたのハリウッドのお友だちも誰かいらしてるの？」

グレースは夫を探して先へと進みながら冗談めかして答えた。

「いいえ、オナシス氏はパーティで一番、目立ちたがるの」

彼女は、陰のモナコ王と呼ばれているオナシスに不信感を抱いていた。彼のこれ見よがしの態度は、君主たる夫の威厳を損なう屈辱的なものだった。だが、その体から発せられる強烈なオーラは、うむを言わさず他人を圧倒した。

その頃、レーニエ公はＶＩＰサロンのラウンジのソファに、フランスの官僚や数名の側近たちとともに陣取っていた。周囲の華やかな喧噪《けんそう》をよそに、そこだけ重苦しい雰囲気が漂っている。

サロンでは、フレームの太い黒縁メガネをかけたオナシスが上機嫌でモナコの要人たちにシャンパンを注《つ》いで回り、マリアと自分のゴシップ記事をネタにしたジョークを飛ばしているところだった。

「……私は女と見れば夢中になる。愛しのマリアにも言ったんだ。スキャンダルは勲章だとね。私たちの死後も語り草になるさ」

「大ボラもいいとこよ」

マリアが困惑した表情を作ってため息をつき、オナシスは大笑いした。黒のワンショルダーのイブニングドレスの胸もとに、豪華なダイヤモンドのネックレスをあしらったマリアは、オペラ歌手としての全盛期は過ぎていたものの、オナシスを虜《とりこ》にした美貌と歌声は、まだまだ衰えていなかった。

オナシスの押しつけがましい笑い声は、レーニエ公にも届いていた。彼が眉間にしわを寄せてタバコの煙を吐き出したちょうどそのとき、メガネをかけた中年のフランス人官僚エミール・ペルティエが身を乗り出してきた。

「内密にお話したいことがあるのですが……」

40代半ばの彼はフランス政府から派遣され、事実上のモナコの首相を務めていた。その場に同席していたフランスの財務長官、M・ディナールがずばり切り出す。

「ド・ゴール大統領は、モナコにおけるフランスの企業誘致を懸念しています」

50代と思《おぼ》しきディナールは、いかにも頭が切れそうで生真面目なタイプに見えた。彼の話の向かう先が分かり、レーニエ公は肩をすくめて平然と言い放った。

「モナコも国庫がカラで困っている」

「それであなた方はフランスの税金を盗んでいるのですか？　このパーティのために」

ディナールが苦々しげに、オナシスとその取り巻き連中を顎で指し示す。レーニエ公は彼の辛辣な指摘を無視し、ペルティエに嫌みを言った。

「大統領が君の給料を払っていることは承知だ。だが、君は我が国の首相だろ？」

ついで、ディナールに向き直る。

「これはすべてイメージ作りだよ。大統領もご存じだ。モナコの唯一の武器だ」

サロンでひときわ大きな下卑た笑い声が上がり、彼らの緊張は中断された。

「マダム、あなたは今、世界最大のペニスの上にお座りになっているんですよ」

オナシスがお気に入りのジョークで、バーカウンターのスツールに座っていたレーニエ公の姉、アントワネット公妃をからかっているところだった。

「その椅子は、クジラのペニスで出来ているんです」

バーのスツールには、光沢のある白クジラの皮が使われていた。オナシスいわく、それは陰嚢《いんのう》の皮だということだったが、何度も自慢げに話しているうちに、いつしかペニスへと変わっていった。

アントワネット妃は感電したかのようにスツールから飛び降り、立ちすくんでいる。

「あなた、よして」

マリアがオナシスを睨《にら》みつけ、アントワネット妃の夫のジャン＝シャルルもなだめにかかった。

「大丈夫だよ。オナシス氏の冗談さ」

「私、帰りたいわ」

気位の高いアントワネット妃は、パーティの笑い者になることなど、我慢できなかった。グリマルディ家の沽券《こけん》にかかわる問題だ。さすがにレーニエ公も黙っているわけにはいかず、口を挟んだ。

「オナシス、船を没収するぞ」

海運王も負けじと切り返す。

「殿下のちっぽけな国の残りも買って差し上げましょうか?」

実のところ、オナシスのユーモアのセンスは、レーニエ公の好みにぴったりとはまっていた。だが、今夜は一緒になって笑える気分ではなかった。

オナシスは証券取引所を巧みに操ることによって、モンテカルロのカジノや豪華ホテルを有する海水浴公社の株式の52パーセントを占有していた。レーニエは相続分としてたった2パーセントしか所有していなかったが、モナコでの経営権を持っていたため、ほぼすべての経営活動に対して拒否権を発動することができた。

したがって海運王と大公は、持ちつ持たれつの仲だった。互いに必要な存在であることをよく分かっていたので、二人の間には親密な友情と敬意も生まれていた。

だが、二人のモナコ王が、この国の将来に思い描くビジョンは、相反するものだった。オナシスはこの国の閉鎖性と高級感を気に入っていた。巨万の富を築いた自分に唯一、欠けていた上流の品格を、海水浴公社を牛耳ることによって手に入れることができたからだ。

一方のレーニエ公は、モナコをカジノ経営だけに頼らない観光立国にしようと考えていた。そのためには公国を解放し、世界中から広く観光客を呼び込む必要があった。だが、オナシスはそれをどうしても受け入れる気にはなれなかった。

二人の口喧嘩がヒートアップする前に、ディナールはペルティィエと顔を見合わせ、議論を再開した。

「我々の懸念は、イギリスはいつもアメリカの側につくということです。彼らの協調政策は、欧州文化の終焉《しゅうえん》につながるでしょう。いずれ、欧州文化はアメリカに毒されてしまう」

ちょうどそのとき、ＶＩＰサロンに入ってきたグレースは、ディナールの発言を聞きつけ、目を丸くして夫の隣に腰を下ろした。レーニエ公は彼女を見て微笑んだが、ディナールは無視して言葉をついだ。

「そうなる前にヨーロッパ諸国は富を蓄えなければならないと、ド・ゴール大統領は考えているのです。ソ連とアメリカの間に立つ第三の柱になれと……」

グレースは彼の無礼な態度と発言の両方に怒りを覚え、つたないフランス語で口を挟んだ。

「私は子供たちに何と言ったらいいのかしら？　ディナールさん」

「何についてですか？」

「子供たちはモナコ人ですが、アメリカ人の血も引いています。まさか二人を大西洋の真ん中に落とせとでも？」

保守的なレーニエ公は、公妃が政治に関与する必要はないと考えており、グレースもまったく同感だった。彼女は公妃としての自分の役目をよく理解していた。だが、ヒッチコック監督が訪れてからというもの、これまでずっと封印していた彼女の女優魂が、覚醒しつつあった。スタジオと闘って賢い仕事の選択をしていた女優魂が……。

一方のディナールは、瀕死《ひんし》の状態だったモナコの息を吹き返らせたハリウッド女優を快く思っていなかった。同席している側近たちが、これは見ものだとばかりに失笑を堪《こら》えて注目する中、ディナールはことさら慇懃《いんぎん》無礼な口調で答えた。

「フランスはアルジェリアの紛争に、手を焼いています、妃殿下。多くの命が失われ……どう申し上げたらいいのか……」

話しながら、目でレーニエ公に訴える――〝いい加減に女房の暴走を止めてくれ〟。だが、レーニエ公は彼をまっすぐに見つめたままで、行動を起こそうとはしない。ディナールは仕方なく言葉をついだ。

「……国の安定が揺らいでいるのです。ということは、ヨーロッパ全体の安定性が脅かされていることを意味しています」

グレースは夫のタバコを手に取って自らライターで火を点《つ》け、一服してから議論を続けた。

「アフリカの紛争に介入しなければならない理由は何ですか？」

「武力は必要悪ですから。特に植民地では」

「植民地など、前世期の遺物でしょ」

グレースに悪気はなく、ただ率直な感想を口にしただけだった。だが、ディナールはフランスに対する批判と受け取ったようだ。しばしの間のあとに、嫌みたっぷりに切り返した。

「大公妃がこのような事柄で気をもむことはないのでは？」

「無関心ではいられません。私の父が一番、嫌ったのは、情熱を失うことでしたから」

「なるほど……アメリカ流ですな」

フランスの官僚の皮肉に、グレースは間髪を入れずに反応した。

「もしそれがヨーロッパ流だとしたら……」

周囲の人々が呆気《あっけ》に取られ、レーニエ公も妻の膝に自らの手を置いてやめるよう合図したが、遅かった。

「……ファシズムや共産主義など、あなたの大統領にとって、第三の柱は必要なかったでしょう」

話し終えたグレースは、その場が水を打ったように静まり返っていることに気づいた。いつの間にか、サロンにいた全員が彼女に注目していた。グレースは気まずくなって自分のシャンパンをすすった。

「ここはアメリカじゃない！　思ったままを口にするな！」

宮殿に戻ったレーニエ公は、グレースの寝室までついてきて怒りを爆発させた。ベッドに座って靴を脱いでいたグレースも立ち上がって応戦し、激しい口論となった。

「なぜなの？」

「彼はフランス財務省の……」

「あんな偉そうな男！」

「ヨーロッパでもっとも影響力のあるド・ゴールの側近なんだぞ！　モナコの近代化に必要な男だ」

レーニエ公は単純な教訓を理解してもらいたかったが、グレースはいつになく頑固だった。

「私にどう言ってもらいたかったの？」

「黙っていてくれ！　君の発言はいつも混乱を招く」

レーニエ公が意地悪く指摘したそのとき、グレースの部屋着を持った侍女を従えたマッジが入ってきた。

「あとにしろ」

レーニエ公に命じられ、マッジは間髪を入れずに出ていったが、口論に水を差された形となって、二人はいくらか落ち着きを取り戻した。

一瞬の沈黙のあと、グレースはドレッサーの前に座って宝石を外しながら、涙目になって深々とため息をついた。

「カロリーヌとアルベールには、自分の意見を言えと教育してきたわ。あなたも賛同したはずよ」

レーニエ公もため息をつき、疲れた目を押さえて沈黙した。確かに子育てに関しては、彼はグレースの意向を尊重してきた。二人とも子供たちには、自分たちよりもずっと愛情に恵まれた自由気ままな子供時代を過ごさせてやりたいと思っていたからだ。

だが、夫婦の文化の違いは、越え難いものがあった。グレースのアメリカ流の教育方針は、ヨーロッパの伝統にはそぐわなかった。ヨーロッパでは大人しくしているのが、躾《しつけ》のできた子供と見なされていた。カロリーヌとアルベールは、アメリカ人から見れば、天真爛漫《らんまん》で伸び伸びと育っていたが、ヨーロッパやモナコの人々から見れば、ただ単に甘やかされすぎている子供だった。

沈黙が続くうちに、レーニエ公の頭に別の懸念が浮上し、ドレッサーの椅子に座っているグレースの後ろに回り込んだ。

「マッジから聞いた。ヒッチコックが君に会いに来たそうだな？」

意表を突かれ、グレースは鏡ごしに彼の表情をうかがった。

「……ええ、会いに来たわ。私の様子を見に来てくれたの」

「ただのご機嫌伺いのために、わざわざモナコまで？」

夫の懸念を感じ取り、グレースは温かい笑みを浮かべた。

「フランスへのグルメ旅行のついでに寄ってくれたのよ。会えてよかったわ」

三ツ星以上のレストランでしか食事をしないヒッチコックが、度々、南仏にグルメ旅行に訪れていることは有名だった。

「なぜ黙っていた？　私も会いたかったよ」

レーニエ公は元女優の妻の胸の内をまったく読むことができず、困惑して顔をそむけ、自分の寝室へ戻っていった。貴族や上流階級の夫婦は、寝室を別にするのが昔からのしきたりで、グリマルディ家にはまだその伝統が残っていた。

窓の外では、クリスティーナ号の上空に花火が炸裂《さくれつ》し、おとぎの国の夜空を万華鏡のように彩っている。独り残されたグレースは、鏡に映っている疲れ果てた女の顔を見つめ、子供の頃のように鼻をすすった。

「妃殿下、お召し替えを」

突然、声をかけられ、驚いて顔を振り向けると、いつの間にか、マッジが侍女を従えてドアロに立っていた。まるで見張っていたかのようなタイミングだ。泣き顔を見られてしまったグレースは、バツが悪くて取り繕った。

「風邪を引いたみたい。部屋着はベッドに置いといて。あとで着替えるから」

マッジは少しも無駄のない動きで言われたとおりにすると、侍女とともに出ていこうとする。グレースはふと気になって彼女にたずねた。

「今夜、子供たちは大丈夫だったかしら？」

顔立ちが母親に似ているアルベールは、穏やかな性格だったが、父親似のカロリーヌは、性格もそっくりで癇《かん》が強く、夕方、両親が子供たちを置いて外出するたびに大声で泣き叫んだ。グレースは娘の涙に弱かった。泣きやむまで腰を曲げて、優しくなだめた。その間、大抵15分ほど。決して怒ったり、苛立ったりする素振りは見せなかった。

あるときグレースは、カロリーヌが弟の腕に噛みつく癖があることに気づいた。そこで彼女は娘の腕に噛みつき、その痛さを教えて諭した。このエピソードは、グレースが子供たちを厳しく躾ている証《あかし》として、マスコミに公表され、話題となった。

グレースとレーニエ公はインタビューなどの機会があるたびに、子供たちを厳しく躾ていると世間にアピールした。しかし、そう思っているのは彼ら夫婦だけで、周りの者には、そうは見えなかった。

カロリーヌは、5歳の誕生日プレゼントにジバンシィのカクテルドレスがほしいとだだをこね、特別に仕立ててもらった。アルベールはオナシスから贈られた電気自動車で宮殿の庭を走り回って遊んでおり、普通の子供が喜ぶようなおもちゃには見向きもしなかった。

子供たちがしだいに手に負えなくなっても、大公夫妻は自分たちの甘やかしすぎが原因だとは、まったく気づいていなかったのだ。

「今夜はお二人とも、お食事のあと、プレイルームで遊んでいらっしゃいました」

マッジはそう答えてから、目で合図して侍女を下がらせ、言い添えた。

「お子様たちのプレイルームは、いつも手がつけられないほど散らかっています」

グレースはその遠回しの非難を受け入れ、感情をあらわにしないように自制しつつ、彼女に聞いた。

「教えてちょうだい。あなたは私の女官なの？　それとも大公の目と耳なの？」

鋭いまなざしで注視され、マッジはしばし思案する素振りをしてから口を開いた。

「私はずっと大公殿下にお仕えしてまいりました。もし、私に何か助言できることがあるとすれば、妃殿下は過度の近代化を急いではならないということです」

「どういう意味？」

「アメリカのライフスタイルに、あまり執着なさらないことです。アメリカ流の感性で、大公殿下を国民から遠ざけてはなりません。そんなことになれば、国民は決して妃殿下を許さないでしょう」

マッジの言葉で、グレースは夫婦の会話が使用人たちに筒抜けであることを覚《さと》った。

「それは警告？」

「モナコ大公妃殿下を侮辱するほど、私は図々しくありません」

マッジは軽く会釈し、いつもと変わらぬ自信たっぷりの足取りで出ていった。グレースはいっそう気が滅入って深々とため息をつき、むなしい思いで辺りを見回した。この広い宮殿で、彼女は完全に孤立していた。


グレースは光沢のあるシルクの部屋着に着替え、子供たちの寝室へ向かった。すでにぐっすりと寝入っていた二人の布団を直し、それぞれの頬に愛情を込めたキスをすると、時代がかった薄暗い廊下を自分の部屋へと引き返した。

途中、グレースはある目的を持って、夫の寝室をのぞいてみた。レーニエ公は着替えもせずに、ベッドで眠っていた。ブランデーでもあおってそのまま横になったのだろう。布団をかけていなかったが、グレースは中に入って彼の世話を焼く気にはなれなかった。

立ち去ろうとしたとき、キャビネットの上に飾られた家族写真が目に飛び込んできた。そこには、二人の子供を挟んで幸せそうに微笑んでいる自分たち夫婦の姿があった。

子供の存在は、グレースにとって、何ものにも代えがたい大きな喜びだった。その反面、彼女をこの国に留めている足かせのような存在でもあった。

夫が寝入っていることを確認して自室に戻ったグレースは、ベッドに入って読書用のメガネをかけ、『マーニー』の脚本を開いた。スタンドライトの明かりの下、グレースは高まる興奮とともに脚本を読み始めた。

翌日、宮殿内のレーニエ公の執務室には、フランス政府の傀儡《かいらい》であるエミール・ペルティエ首相と数名のモナコの閣僚や議員が集まっていた。国会はしばらくの間、レーニエ公によって閉会されており、政府の重要な決定は、すべて彼と10名ほどの側近たちだけで行われている。

レーニエ公のデスクの脇には、ボードに貼られたモナコの地図と未来のモナコを描いた設計図があった。

即位当初はさほど公務に熱心でなかったレーニエ公だったが、結婚後はモナコの将来を見すえ、さまざまな構想を練ってきた。モナコの東西国境の海域はどちらも浅瀬になっており、そこを埋め立てて、片方を軽工業用地に、もう一方をこれまでモナコになかったビーチリゾート地に開発したいと考えていた。モンテカルロ駅から東の区間の鉄道を地下鉄にし、地下を掘削したときに出る岩や土を浅瀬の埋め立てに利用すれば、一石二鳥で、地上は住宅地として開発することができる。

これらの計画に加え、グレースの影響もあってアメリカ文化に魅せられていたレーニエ公は、ホリデイ・インの誘致を画策していた。ホリデイ・インは新たな観光客層をモナコに呼び込み、長年、モナコの観光事業を独占してきた海水浴公社の力を弱めることにもつながるはずだった。

レーニエ公はデスクに座って、秘書が持ってきた書類の束にサインしつつ、すぐそばのソファに座っているペルティィエ首相と議論を交わしていた。

レーニ公の側近である閣僚や議員は思い思いにソファや会議用のテーブルに陣取り、議論に加わっている。

「……新たにモナコで法人登録をした企業の9割は、フランスからの移転です。フランスの税金から逃れるために」

ペルティィエが昨夜の話を繰り返し、レーニエ公の義理の兄、ジャン＝シャルルが彼に聞いた。

「我々にどうしろというのですか？」

「誘致をやめるのです」

ペルティィエが語気鋭く主張したそのとき、犬の吠《ほ》える声がした。カロリーヌ公女が犬のあとを追って駆け込んでくる。

「オリヴァー、おいで！」

グレースがモナコに嫁ぐときに、ケーリー・グラント夫妻から贈られたあの黒いプードル犬だ。犬をつかまえたカロリーヌ公女は、その場で遊び始めた。

ペルティエをはじめとする大人たちは場違いな子供の侵入を不快に思ったが、レーニエ公はまったく意に介していなかった。叱るどころか、公女と犬も閣僚の一員であるかのように議論を続けた。立ち上がって、デスク脇のボードに貼られたモナコの未来構想を記した地図を、ペルティエに指し示す。

「カジノ……これは、私が先代から引き継いだモナコの唯一の財産であり、フランスの特権階級の遊び場だ」

「それが問題なのですか?」

「モナコに住んでいる1万人の住民には、学校や病院が必要だ。だが、我々は何も生産できないし、輸出もゼロだ。第二次世界大戦の経済難から、未だ回復していない。フランス企業がモナコ経済を支えてもバチは当たらんだろ?」

レーニエ公の身勝手な主張は、ペルティエの不快感を増幅させた。目障りなカロリーヌ公女と犬を見やってから、立ち上がって尊大な君主に迫る。

「このままでは何も解決しません、殿下。大統領はモナコが企業に課税し、その収益をフランスに支払うよう求めています」

その場に動揺が走り、閣僚の一人が顔色を変えて立ち上がった。

「我々に税金を払えと?」

「モナコはフランスの保護領で、フランスの善意で存続してきたのです」

ペルティエが平然と言い放ち、その言葉はレーニエ公のプライドを傷つけた。タバコを深々と吸ってから、暗いまなざしでフランス政府の傀儡を見つめ、おもむろに口を開く。

「モナコは独立国だ」

ペルティエも一歩も引かない構えで見つめ返したそのとき、犬が甲高く吠え、カロリーヌ公女の声が聞こえてきた。

「オリヴァー、おいで!」

声がしたほうを見ると、公女が犬を追いかけて走り回っていた。ペルティエはうんざりだとばかりに会議用のテーブルに行き、そこに広げてあった書類を自分のカバンに詰めて帰り支度をしながら、苛立ちもあらわに言い募った。

「パリの閣僚たちは、私ほど物分りはよくありません。明日、いい返事を持ってフランスに戻りたいのです」

書類を詰め終わったペルティエは、カバンをさげてレーニエ公のもとへ行き、うむを言わさぬ口調で懇願した。

「どうか、私の要求を飲んでいただきたい、殿下」

「モナコはカジノ経営だけで生きていけと言うのか？　モナコの子供たちが大きくなったら、皆、ディーラーになれと言うのか？」

「それでも恵まれています」

ペルティエはカロリーヌ公女を振り返って続けた。

「今、そこで遊び回っているフィラデルフィアのレンガ職人の血を引く子も……」

最後まで言わせず、レーニエ公は彼の頬を平手でしたたかに打った。ペルティエが床に倒れ、側近たちがあわてて彼に駆け寄って助け起こす。

「放せ！　放せったら！」

頬を赤く腫らしたペルティエは、側近たちの手を振りほどき、憎悪をたぎらせて傲慢なプリンスを睨みつけた。

そのときになって、レーニエ公は娘の前で理性を失ったことに気づいた。彼は無礼なフランス人官僚を一顧だにすることもなく、悠然と娘のもとへ向かい、何事もなかったかのように怯《おび》えている公女を抱き上げた。

「大公に殴られただと？」

エリゼ宮殿内にある大統領府の執務室で、ペルティエからの電話を受けたディナール財務長官は、耳を疑って聞き返した。ペルティエが興奮した口調でまくし立てる。

〝首相を解任され、モナコから永久に追放された。大公はフランスを敵視していると、大統領に伝えてくれ〟

ディナールは冷徹な表情になって、アルジェリアの地図を広げて軍の高官たちに指示している強権的な巨人の厳めしい顔色をうかがった。


グレースは長女を懐妊した頃から、何とか自分の居場所を見つけようと、慈善活動を始めていた。

モナコでの最初のクリスマスには、3歳から13歳までのすべての子供たちを宮殿に招待し、パーティを催した。このパーティは、翌年から恒例行事となった。クリスマスの時期には、お年寄りのためのティー・パーティを開き、心のこもった贈り物を手渡した。また地元の児童養護施設や老人ホーム、病院を定期的に訪問し、1958年5月には、レーニエ公から引き継ぐかたちでモナコ赤十字の代表にも就任した。

さらにグレースの尽力で改修されたモナコ初の総合病院は、彼女の名前にちなんで、グレース公妃病院と名づけられた。彼女はこの病院の使われていない病棟を改修し、老朽化して手狭となった児童養護施設に代わる新たな施設を作りたいと考えていた。

そのためには資金を捻出しなければならなかったが、モナコでは何をするにも、文化の違いに直面した。赤十字の貴婦人《レディ》たちとグレースが互いに歩み寄るには、時間が必要だった。

年が明けて、グレースは秘書のフィリス・ブラムを伴い、赤十字の理事であるバチオッキ伯爵夫人や貴婦人たちを引き連れて、グレース公妃病院にやってきた。

一行は自ら懐中電灯を照らして先頭に立つグレースのあとに従い、老朽化して放置されている病棟に足を踏み入れた。

「ここは何年も使っていない病棟よ。改修は無理ね」

「床も抜けそうだわ」

貴婦人たちは不安げに話し合っていたが、早口の流暢《りゅうちょう》なフランス語で、グレースにはその会話を聞き取ることはできなかった。

バチオッキ伯爵夫人が彼女の横に並んで、貴婦人たちの意向を伝えた。

「妃殿下、やはり改修は難しそうですね。この病院には、すでに予算を使っていますし」

グレースはひるむことなく提案してみた。

「王室からの寄付金に赤十字が補助したらどうかしら？」

伯爵夫人はたちまち眉をひそめた。

「もし児童養護施設に支出したら、老人ホームや学校も同じ待遇を求めてきます。その財源はどうなさるおつもりで？」

「バチオッキ伯爵夫人、改修はごく簡単よ」

グレースは苛立ちを堪えて奥へと移動し、辺りを懐中電灯で照らしながら説明した。

「ここの空間を子供たちの共同寝室にするの。仕切りをつけて一人になれるスペースを作るのよ」

振り返った彼女は、貴婦人たちが無表情のまま自分を見つめていることに気づいた。

「簡単でしょ？」

同意をうながすと、彼女たちは一斉にざわめき始めた。一瞬後、伯爵夫人が貴婦人たちのもとへ行き、何事かささやく。戻ってきたとき、夫人は優雅に微笑んでいた。

「明日の総会で投票して決めます。賛成票を得られるかもしれません」

伯爵夫人は貴婦人たちに身振りで退席するよう合図してから、グレースに向き直った。

「舞踏会の企画に小さな問題があるのです。すぐに戻って検討しないと……」

赤十字の舞踏会は、モナコのサマーシーズンの一大イベントで、チケットの入手が困難なほど有名だった。特にグレースが赤十字の会長に就任してからは、今までにないほどの盛り上がりを見せていた。

夫人が話題を変えたことは不快だったが、グレースは顔には出さず、やんわりと指摘した。

「舞踏会はまだ先でしょう?」

「赤十字にとって、もっとも大切な恒例行事ですから。いずれにせよ、改修のお金はありません」

結局、伯爵夫人たちは端《はな》から病院の改修など興味がなかったのだ。

「伯爵夫人、私たちは今日、チャリティのために集まったのかと思っていたわ。私の勘違いだったのね」

グレースが憤慨して身をひるがえし、秘書のフィリスはあわててあとを追った。


モナコの曲りくねった山道に、エンジンの咆哮《ほうこう》が響き渡っていた。グレースが独りポルシェを駆って、猛スピードで運転しているところだった。濃いサングラスをかけたその顔には、持って行き場のない苛立ちがくっきりと刻まれている。

実のところグレースは、インタビューなどで自ら認めているように運転が苦手だった。かつて『泥棒成金』の撮影の際、助手席にケーリー・グラントを乗せたスポーツカーでヘアピンカーブを運転し、ハンドルを切り損ねてあまりにも崖側に車を寄せてしまい、彼を恐怖のどん底に突き落としたことがあった。

今のグレースは、まさにそのシーンを再現しているかのようだった。まるで何かに挑むかのようにどんどんスピードを上げていく。ブロンドの髪が風になびく中、彼女は唇をギュッと結び、いくつものぞっとするようなカーブを突き進んでいた。

あるカーブを回り切ったそのとき、ジャガイモの袋を積んだ荷車を引いている老婆が、行く手を横切った。グレースは急ブレーキをかけ、タイヤをきしらせながら老婆のほんの数十センチ手前で車を停めた。

危なかった！　グレースは息をつき、ハンドルに突っ伏した。つぎの瞬間、無力な自分に対する怒りが込み上げてきて、うなり声を発しながら両手で思いっきりハンドルを叩《たた》いた。

老婆はと見やると、何事もなかったかのように土埃《つちぼこり》に煙る小道を下っていき、やがて姿が見えなくなった。

グレースは気を取り直して、車のギアをバックに入れた。ところが車はチョークしており、数メートル進んで動かなくなってしまった。

数分後、グレースはハイヒールを脱いで手にさげ、山道を裸足で宮廷司祭の居宅へ向かって歩き始めた。

しばらくして、グレースはフランシス・タッカー神父の住まいとなっている古風な石造りの家のキッチンで、意気消沈してテーブルに座っていた。

アメリカ人の神父は、グレースが心置きなく英語で話すことができる数少ない相談相手で、今や父親的な存在でもあった。

独り暮らしの彼の家は、いつ来ても雑然としていた。キッチンのテーブルにも、空の酒瓶やパイプ、新聞、それに手紙の束などが無造作に置かれている。だが、その生活感にあふれた住まいはグレースにとって居心地がよかった。

エプロン姿の神父は、こちらに背を向け小さなシンクでランチの皿を洗っている。グレースはぼんやりと遠くを見ているようなまなざしで訴えた。

「神父様もご存じのように、モナコ王室は複雑だわ」

「そうですとも」

タッカー神父自身も、レーニエ公に信頼され、モナコ王室の顧問的な立場になるまでには、さまざまな苦労を味わってきた。モナコでは、アメリカ人の彼を快く思っていない人々も大勢いた。彼らは神父をロシア皇帝の側近だった怪僧、ラスプーチンに例え、大公を操り、悪影響を与えかねないと考えている。

グレースはため息をつき、言葉をついだ。

「私、間違えたのかも」

「何を間違えたのです？」

「何をしてもだめなの。何もかも……。今日の午後もそうよ。病棟の改修計画がいかに大事か、赤十字の貴婦人たちを説得しようとしたわ。でも、彼女たちは舞踏会にしか関心がないのよ」

皿を洗い終えた神父がエプロンで手を拭きながら、グレースのほうを向く。

「ここはモナコですよ」

グレースは涙目を見られたくなかったので、立ち上がって窓へ行き、モナコの街並みを見下ろして再びため息をついた。

「ええ、身に染みたわ」


タッカー神父は自分の車の助手席にグレースを乗せ、宮殿まで送っていった。その車中、グレースは彼に聞くともなくつぶやいた。

「私が映画に出たら、どうなるかしら？」

「どんな役です？」

神父が核心をついてくる。グレースは一瞬のためらいのあとに、いたずらっぽい笑みを浮かべた。

「不感症の女泥棒」

「本当に?」

「女優にとっては魅力的な役よ」

「でしょうね」

神父も皮肉っぽく微笑んだ。グレースにとって、『マーニー』はやりがいのある複雑な役どころだったが、モナコ公妃として適切であるかどうかは、別問題だった。

「大公には相談したんですか?」

「言えないわ。どうせ反対するに決まっているもの。あの人は今、政治のことで頭がいっぱいよ」

「妃殿下の女優復帰は、絶対に許さんでしょうな」

いとも簡単に結論を出され、グレースは失望して、夫の腹心である上品な老人の横顔をうかがった。彼の容赦ない見解は、当然のことだった。レーニエ公はグレースと結婚したとき、彼女の公妃としての威厳を保つために、モナコでグレース・ケリーの映画を上映することを禁じたほどだったのだ。

おとぎの国に囚われの身となったハリウッド女優は、途方に暮れて、窓の外に流れていく絵のように美しい景色を眺めた。

第五幕　国家存亡の危機

数日後、宮殿内は緊迫した空気におおわれていた。レーニエ公の執務室には、閣僚や議員、それにタッカー神父も加わった緊急会議が招集され、全員が固唾《かたず》を呑《の》んでテレビを見つめ、フランス政府の声明を伝えるニュースキャスターの声に耳をそばだてている。画面には、アルジェリアでの戦闘の様子が映っていた。

〝フランスが植民地アルジェリアの紛争に介入したことにより、ド・ゴール政権は国家の安全と安定のために、戦費調達が急務です……今日の午後、ディナール財務長官は、大統領声明を発表しました〟

画面は切り替わり、大統領府で声明を発表するディナールが映し出された。

〝モナコは自国民に所得税を課すことと、フランス企業の誘致を中止することを、6ヵ月以内に実施するよう期限を設定しました。もし、モナコがフランスの国費を浪費する行為をやめなければ、フランスは禁輸措置として経済封鎖を実施し、モナコをフランス領とすることも辞さない……〟

ついにド・ゴール大統領の堪忍袋の緒が切れたのだ。重苦しい沈黙が続く中、ジャン＝シャルルがテレビを消して、深刻な表情で緊急会議の口火を切った。

「我々の食料も水道も電気もライフラインはすべてフランス経由だ。モナコは一瞬のうちに潰されてしまう」

他の議員や閣僚はレーニエ公に遠慮して何も言えなかったが、タッカー神父はずばり指摘した。

「モナコは軍隊を持たない国だ。フランス大統領には逆らえない」

モナコはフランスが領土防衛の責任を持つ国であり、武装部隊としては、100名ほどの隊員からなる大公銃騎兵中隊を保有しているが、これは事実上の警備・儀杖部隊だった。

「大公殿下、ド・ゴールに電話をして謝るのです」

神父が進言すると、苛立《いらだ》ちもあらわにタバコを吹かしていたレーニエ公は、信じられないといった表情になった。

「……謝る？」

神父は少しも臆することなく淡々と言い聞かせた。

「すべてはとんでもない過ちだったと大統領に伝えて、和解を提案するのです。歴代の君主も、フランスと何とか折り合いをつけてきました。彼らの誰かがフランスと角を突き合わせていたら、モナコはこれほど長くは存続できなかったでしょう」

レーニエ公は神父から顔をそむけ、閣僚たちの表情をうかがった。どの顔にも憂慮の色がくっきりと表れている。孤立無援のプリンスは、椅子に沈み込むしかなかった。


その日の夜、グレースとレーニエ公は、久しぶりに家族用のダイニングルームで一家団欒《だんらん》のひとときを過ごしていた。

「家族水入らずの夕食はいいわね」

グレースは素直に喜んだ。国家存亡の危機は、彼女の耳にも届いていたが、政治のことはよく分からなかったし、何よりも家族で過ごせる時間を楽しみたかった。

レーニエ公はグレースが作った新しいレシピのスープを気に入ってお代わりしたものの、その場を歩き回りながら食べていて、心ここにあらずといった状態だった。

アルベールは食事を中断して床に座り込み、給仕係の一人とお気に入りのおもちゃで遊んでいた。グレースの隣に座っているカロリーヌは、スープをスプーンでかき回して小さな顔を描いている。だが、子供たちに甘すぎる両親は、注意をしようとさえしなかった。

レーニエ公が気忙《きぜわ》しげにスプーンでスープを口に運びながら言った。

「ゆっくり食事を楽しみたいが、オナシスと会わなければならん」

オナシスは所用でモナコを離れていて、緊急会議には出席していなかったのだ。グレースはうなずき、聞いてみた。

「ド・ゴールがあなたの謝罪を拒絶したら、モナコはどうなるの？」

「人類史上、もっとも短い戦争が起きるだろう」

「ママ、戦争ってなあに？」

カロリーヌ公女が無邪気な顔で問かけてくる。

「そうね……悪い大人たちが話し合いに疲れて鼻を引っ張り合うの」

グレースは言葉を選んで答え、彼女の鼻をくすぐった。レーニエは一瞬、微笑んだものの、すぐに暗い顔つきに戻った。食べ終わったスープの器をテーブルに置き、椅子の上で骨をかじっているプードル犬、オリヴァーを抱き上げる。

「あるとき、誰かが父にたずねた。もしどこの国の君主にもなれるなら、どの国の君主になりたいかと。父はロシア皇帝かモナコ大公だと答えた。ロシアは大きくて国民の顔が見えない。モナコは小さくて全国民の顔が見えるからとね」

グレースは彼の苦悩を感じ取って提案した。

「税金を払ったら？」

「金がない」

「不動産のいくつかを抵当に入れたらどう？」

「すでにもう入っている」

「オナシスに頼んでみたら？　彼はモナコのためなら何でもするわ」

「彼はモナコを自分のものにしたがっている。ド・ゴールと変わらない」

一瞬の気まずい沈黙のあと、レーニエ公が自分の椅子に座って話題を変えた。

「児童養護施設の件はどうなった？　赤十字は金を出すのか？」

彼が気にかけてくれていたことが、グレースはうれしく、誇らしげに答えた。

「国が一部負担することになったから、伯爵夫人も援助せざるを得ないわ」

レーニエ公は内心、妻の手腕に感心したが、今は時期がまずかった。

「伯爵夫人にゴリ押ししたのか？」

「あんなひどい建物に子供は入れられないわ」

グレースは自分の子供たちの幸せを、モナコのすべての子供たちにも分けてあげたいと心から願っていて、そのための尽力は惜しまなかった。一方のレーニエ公は、妻の決意を複雑な思いで受け取っていた。席を立って隣室にタバコを取りに行きながら、クギを差す。

「とにかく夫人の機嫌を損ねないようにしてくれ、いいね？　今の私には、伯爵の政治支援が必要なのだ。大富豪だからな」

グレースは失望した。もはや夫のうわべだけのサポートは、彼女にとってあまり意味をなさなかった。レーニエ公が戻ってきてライターでタバコに火を点《つ》けた瞬間、彼女は決断した。

「ヒッチに出演依頼を打診されたの」

レーニエ公は驚いて妻を見た。懸念が湧き起り始めたそのとき、グレースが言った。

「今、受けるのはまずいわよね？」

上目遣いに彼を見て、反応をうかがう。

「やりたいのか？」

「だから相談を……」

レーニエ公は彼女の心情について思いをめぐらせた。このところ彼女は、公務こそきちんとこなしていたものの、ずっとふさぎ込んでいた。それはおそらく、芸術の域に達するようなすばらしい成功を映画界で収めながら、その世界から完全に切り離されてしまったからだろう。映画に出演することで元気を取り戻すことができるなら、彼女の願いを叶《かな》えてあげたい。何と言っても、彼女のお気に入りのヒッチコック監督の映画なのだから……。

6年間の結婚生活のうちに、彼の傲慢で保守的な人柄も目に見えて変わっていた。癇癪《かんしゃく》や尊大さは一生、なくなることはなかったが、少なくともグレースを信頼し、できるだけ彼女の気持ちを尊重したいと思うようになっていたのだ。

レーニエ公が口を開く前に、娘の声が聞こえてきた。

「ママが映画に出るのを見てみたいわ！」

彼女は両親の間に漂っている緊張に心を痛め、ほぐそうとしているのだ。それはまさに幼い頃の自分の姿だった。レーニエ公は娘を安心させるために微笑んだ。

「君がやりたいのなら反対はしない」

グレースは拍子抜けし、慎重に念を押した。

「でも、不適切じゃないかしら？　王室逃亡とか、夫を捨てたとか言われたくないの」

「誰も言わないさ。私の要求は一つ。君が責任を持ってやってくれればいい」

「やってもいいの？」

「リスクがないとは言えないが、君は出たいんだろ？」

「ええ、とても」

グレースは会心の笑みを浮かべた。結果的に、自分が恐れていたよりもずっと簡単だったことにほっとしていた。レーニエ公も温かく愛情のこもった微笑みを返し、国家が危機的状況にあるにもかかわらず、二人の気分は久しくなかったほど高揚した。

『マーニー』の撮影は、この夏、東海岸の北部の州で行われる予定になっていた。大公夫妻はすでにアメリカで長い夏休みを過ごす計画を立てており、グレースが毎朝、早起きしてロケ現場に通えば、家族との時間や公務にさしつかえることはないはずだった。

その夜、グレースは『マーニー』の脚本を手に寝室の姿見の前に立ち、さっそく役作りに取り組んだ。

「耐えられない。死んでやる！　死ぬわ……もう一度、私に触れたら死んでやる！……」

同じ台詞を感情の込め方のパターンを変え、何度も稽古するうちに、いつしか窓の外は白み始めた。

レーニエ公とグレースは長女が生まれてから、モナコのPRと王室報道に関するマスコミ対応を、グレースの親友の伝説的ジャーナリスト、ルパート・アランに一任するようになっていた。

きっかけは、生後3ヵ月のカロリーヌ公女を連れて、スイスに初めての家族旅行に出かけたとき、ロンドンのタブロイド誌が公女の誘拐未遂事件をでっち上げて報道し、他の新聞もその話を大々的に取り上げたことからだった。

レーニエ公は激怒し、報道が現実のものとなることを恐れた。グレースも娘が過剰報道の犠牲になることは耐えられなかった。そこでルパート・アランに依頼し、王室報道のすべてを監視してもらうとともに、威厳を損なわない情報を発信してもらうことにしたのだ。

まだ30代半ばの働き盛りのアランは、精力的にロイヤルカップルをサポートし、マスコミの対応に当たっていた。

グレースはまず映画出演の件を、アランと秘書のフィリスに打ち明けた。アランはグレースの女優時代には、五番街のアパートにも足繁《しげ》く訪れていたほど信頼できる仲であり、アメリカ人のフィリスもグレースが選んだ忠実な秘書だった。

2日後、グレースは自分の書斎に、内務大臣と宮殿の広報担当であるエミール・コルネット、女官のマッジ、それにアランとフィリスを集めた。

皆の前に、目にも鮮やかなスカイブルーのワンピース姿で現れたグレースは、晴れ晴れとした表情をしていた。

「皆さん、すばらしいお知らせがあります。私はヒッチコック監督の映画に出ることにしました。この件のPRは、ルパート・アラン氏に担当してもらいます」

たちまちその場はぎこちない雰囲気に包まれた。内務大臣は思考停止におちいったかのように口をぽかんと開け、コルネットは目を丸くして顎をぐっと引き、マッジは仮面のような顔をわずかにしかめた。一方、アランとフィリスは、懸命に笑いを堪《こら》えている。

「そう驚かないで」

グレースが満面の笑みで肩をすくめると、内務大臣がため息をついてメガネを外しながら立ち上がった。

「モナコ大公妃が舞台に立つなど前代未聞の話です」

アランがすかさずやんわりと訂正する。

「舞台ではありません。映画です。何事も初めては付き物ですよ」

日頃からアランの存在を目障りに思っていたコルネットは、負けじと主張した。

「公務はどうなさるので？　国家は今、危機的状況なんですよ。こんな発表をすれば、国民の暴動が起きます。王室の広報担当者としては……」

グレースは彼をさえぎるようにしてきっぱりと言った。

「母親と妻の役割を果たし、公務もこなせば批判されません。そう思いませんか？」

答える代わりに、コルネットは切り札を出してきた。

「大公は？　何と仰せなのです？」

グレースは彼の意図に苛立ち、思わず感情的に切り返した。

「大公がどうかしましたか？　もちろん支援してくれるそうです」

コルネットが黙り込むそばから、内務大臣が椅子に座ってメガネをかけ直し、反対を表明する。

「内務大臣としては、異議を申し立てる責任があります。もしスタジオがそれを公表すれば、大騒ぎになるでしょう」

アランが立ち上がって、グレースを援護しにかかった。

「内密にする件は、監督も了承しています」

彼のあとを受けてグレースは断言した。

「こちらが公表するまでは漏れることはありません。国家が危機的状況を脱するまでは、公表を控えます」

レーニエ公の側近たちの反対は、もとより覚悟のうえだった。今日、彼らに集まってもらったのは、公妃である自分の女優復帰を既成事実にするためだ。それに国家の危機は、さほど時間がかからずに解決すると考えていた。

目的を果たしたグレースは、うむを言わさぬ口調でコルネットに指示した。

「アランと私で発表文を作りますから、公表の時期が来るまで、あなたが保管しておいてください」

グレースが見つめる中、フィリスは自分のオフィスのデスクで、アランの口述どおりに発表文をタイプした――〝モナコ大公妃グレースの女優復帰第一作は、アルフレッド・ヒッチコック監督の『マーニー』に決定〟。

タイプされた発表文の最後にグレースが署名し、それをマッジが封筒に入れてコルネットのオフィスに届けた。

発表文の中身を確認したコルネットは、マッジに念を押した。

「発表文のコピーは一部だな？」

「はい」

マッジが明瞭に答えると、コルネットは発表文を封筒に戻し、自分のファイルキャビネットに入れ、鍵をかけた。


グレースの心は早くもハリウッドに飛んだ。子供たちも母親の映画出演に大喜びだった。親子はさっそくプレイルームで撮影ごっこをして遊んだ。

床に座って8ミリカメラを構えたグレースが、監督さながら声をかける。

「アクション！」

すると、カウボーイハットをかぶってガンマンに扮したカロリーヌとアルベールが、おもちゃの拳銃を構えて撃ち合う真似《まね》をした。

「私は西部の女王よ。バン！」

すぐさまグレース監督の注意が飛んだ。

「フィリス、マイクが映ってるわ」

撮影用のマイクに見立てた、先端にタオルを巻きつけた竹竿《たけざお》を持たされている秘書は、懸命に位置を調整しなければならなかった。

「私はジョン・ウェインよ！」

「僕がジョン・ウェインだ！」

子供たちが遊びの主導権を争うのはいつものことだったが、勝つのは決まって姉のカロリーヌのほうだった。

「アクション！」

グレースが再び声をかけて撮影を再開する。

「バン！」

「バン！　バン！」

「いいわ。その調子よ！」

撮影ごっこの興が乗ってきたそのとき、ドア口にマッジが現れた。明らかに何か言いたげな表情をしている。グレースは彼女が口を開く前に、先手を打った。

「大目に見て、マッジ。遊んでいるだけなんだから」

マッジは渋々といった感じでうなずき、ドアを閉めて去っていく。彼女は、グレースの女優復帰に関しては何の意見も言わなかったが、快く思っていないことは確かだった。グレースは気を取り直し、子供たちに再び声をかけた。

「もう一度、アクション」

3月には、グレース公妃病院に隣接した新たな養護施設が完成し、報道陣に公開された。以前は老朽化して見る影もなかった病棟が、新築同様によみがえっていた。各部屋の壁紙やカーテン、二段ベッド、寝具に至るまで、グレースが自ら選んだものだった。

その一室で、グレースはバチオッキ伯爵夫人や子供たちとともに、意気揚々と記者会見に臨んだ。

写真撮影用のストロボが光る中、大きな白のテーラーカラー付きの濃紺のコートドレスをスタイリッシュに着こなしたグレースは、ご満悦で孤児の女の子から贈られた絵をかかげて見せた。

「私に似ているでしょ？」

そこにはグレースらしきほっそりした女性が描かれていた。女の子たちはこれまでのグレーの制服とは違い、ピンクの可愛らしいドレスを着ている。そのドレスもグレースの見立てだった。

「病院改修プロジェクトの抱負をお聞かせください」

記者の質問に、グレースはユーモアを交えてにこやかに答えた。

「私たち大人は、もっと努力しなければなりません。富める者と貧しい者が差を感じないように。誰でも王子様と結婚できる訳じゃありませんから」

記者たちから好意的な笑い声が起こる。

「さようなら」

グレースは子供たちに別れを告げ、廊下に出てきた。そこにも大勢の記者やカメラマンが待ち構えていた。一人の記者が、廊下を進むグレースの横に並んだ。

「ド・ゴール大統領の制裁は、慈善活動に影響を及ぼしていますか？」

「両国の誤解はすぐに解けるはずです」

グレースが模範解答をした直後、背後から質問が飛んできた。

「『マーニー』の撮影はいつからですか、妃殿下？」

グレースは耳を疑って振り返った。

「……今、何と？」

細身の男性記者が帽子を少し持ち上げて挨拶する。

「ルック誌です。今朝、ユニバーサルスタジオが発表しました」

彼は手に持った手帳に目を落として続けた。

「グレース大公妃は、夏休みにアメリカでヒッチコック監督の『マーニー』に出演することが決定したと……」

ついで、顔を上げてずばり聞いてくる。

「ハリウッド復帰ですか？」

マッジとフィリスが顔を見合わせ、バチオッキ伯爵夫人と赤十字の貴婦人たちが目を丸くして注目する中、グレースはショックで狭まった喉から辛うじて声を振り絞った。

「……いいえ」

宮殿に戻ったグレースは、書斎にこもってヒッチコック監督に電話をかけた。

「記者発表は待つ約束よ」

すると、監督から意外な答えが返ってきた。

〝先にモナコ王室から発表があったんだ。スタジオは、それに追随しただけだ〟

「……本当なの？」

〝ユニバーサルには、前もってクギを差したよ。もし発表したら手を切ると〟

グレースは自分の足もとで何が起きているのか、すばやく考えをめぐらせた。

「厄介なことになりそうだわ。少し時間をくださる？」

〝いいとも。グレース・ケリーの銀幕復帰を世界中が待ち望んでいるぞ〟

ヒッチコックの温かい励ましも、今のグレースには何の慰めにもならなかった。

「ヒッチ、ありがとう」

グレースは力なく受話器を置いた。夏休みのついでに、ほんの気晴らし程度に仕事をするつもりでいたのに、とんでもないことになりそうだった。


グレースの予感は的中した。彼女のハリウッド復帰のニュースは、衝撃をもって世界中に伝えられた。折しもフランスとモナコの間で税と通関をめぐる紛争の火ぶたが切って落とされた直後だったので、さまざまな憶測を呼んだ。

世界中の新聞が、グレースが映画界に戻るのは、モナコの独立を守るために、ド・ゴール大統領の出鼻をくじくと同時に、彼女がお金を稼がなければならないほど国内財政が逼迫《ひっぱく》しているからだと報じた。

またアメリカの新聞は、グレースが映画界に復帰する真相は、表向きの理由は何であれ、レーニエ公との結婚がうまくいってないからだと書き立てた。

さらに専属契約半ばにしてグレースを手放さざるを得なかったＭＧＭも、ヒッチコック宛てに手紙を送って、不快感をあらわにした。グレース公妃の映画界復帰は、ＭＧＭなしにはあり得ないし、あってはならないと……。

数日のうちに、グレースの映画復帰は、政治やビジネス絡みの世界的な大事件に発展してしまった。

そして、その記事が載っている世界中の新聞が、レーニエ公の側近によって彼女のもとに届けられた。かつて結婚式の行われた1週間前は、レーニエ公は宮殿に入る新聞をすべて検閲し、好意的でない記事は一切、グレースには見せないように配慮した。ところが今回は違っていた。

グレースは夫の無言のメッセージを甘んじて受け取り、それらの新聞の記事をマッジとフィリスにチェックさせる一方で、ハリウッドの事務所に戻っていたルパート・アランに電話をかけた。

「なぜこんなうそを！」

パニック状態でその場を歩き回る彼女のために、広報担当のコルネットが電話機を持ってついて回っている。彼は予備の受話器のコードを電話機に差し込み、グレースとアランの会話を一緒に聞いていた。

アランもすべての新聞記事をチェックし、マスコミの対応に追われているようだった。

〝妃殿下に好意的でない記事は無視してください。それより、なぜ王室から発表文が漏れたかです〟

「そうね」

グレースは足を止め、コルネットを振り返って鋭いまなざしを注いだ。

「発表文を保管してあるキャビネットの鍵は、私が管理しています。私の他に保管場所を知っているのは一人だけです」

コルネットはそう言い訳して、マッジに視線を投げかけた。その視線に、マッジはすぐさま反応した。

「私を疑っているのですか？」

彼女に睨《にら》みつけられ、コルネットはたちまち弱気になった。

「私はただ……何かの手違いが起こったかもしれないと言っているだけです」

「ミスはしません」

マッジが断言するそばから、フィリスが言った。

「ミスじゃなければ？」

その遠回しの非難は、マッジに向けられていた。

「私と勝負する気？」

マッジとフィリスが互いに一歩も引かない構えで睨み合いを始め、グレースはうんざりして皆に命じた。

「もういいわ、ありがとう。全員、席を外してちょうだい」

側近たちが出ていくと、グレースは改めて受話器を耳に当ててアランに言った。

「どうやら私たちにとって、かかりっきりの仕事になりそうね」

アランはいくらかくだけた口調になって善後策を話し始めた。

〝新聞社には、あなたの映画の出演料は、すべてチャリティ基金として使われると発表します。それと監督には、撮影開始時期をずらすことができるか交渉してみます。あなたは私から連絡するまで、目立った行動は控えてください〟

グレースは何をどう考えたらいいか分からず、自信なげに応えた。

「努力してみるわ」

アランが声をひそめて心配そうに聞いてくる。

〝ところであなたとレーニエについて、連中が書いていることは本当なんですか？　オフレコで〟

グレースは笑って取り繕った。

「そんな馬鹿な！　オフレコの話なんて何もないわ」

〝あなたが大公妃じゃなかったら「グレーシー、よく言うよ」と、言いたいとこです〟

どうやらアランはお見通しのようだ。グレースは苛立って感情をあらわにした。

「〝よく言うよ〟ですって？　私が？　私から言わせれば、みんなのほうが〝よく言うよ〟だわ！」

グレースは新聞をデスクに叩《たた》きつけて叫んだ。

「みんな、よくも私にこんなことができるわね!!」

ついでに受話器も叩きつけ、電話を切った。もはやグレースの繊細な神経は、ずたずたになっていた。長年の親友に八つ当たりしてしまうほど、限界ぎりぎりのところまで追い詰められていたのだ。

「あれが偶然だとは、とても思えないわ」

いくらか平静を取り戻したグレースは、閣議に出席するために宮殿に来ていたタッカー神父をつかまえ、レーニエ公の執務室の控えの間で声をひそめて立ち話をしていた。

「わざと漏らした者がいるのよ、神父様。どうしてなの？　ここの人たちはそんなに私のことを忌み嫌っているの？」

神父は心配そうに彼女の顔色をうかがった。

「妃殿下は悪くありません。誰かが政治的に利用しようとしているのでしょう。ド・ゴールの出方しだいです」

グレースは理解できず、深々とため息をついて椅子に腰を下ろした。

「ド・ゴールはどうして私を巻き込むの？」

「巻き込んだのではなく、今回、モナコに行った制裁で、世界の反応を気にしているのでしょう。アメリカやソ連のね」

「こんな面倒な話になるなんて……」

神父も椅子に座り、グレースのほうへ身を乗り出した。

「いいですか？　レーニエ大公は15分後に、ド・ゴールと電話で交渉を始めます。しかし、もし彼が宮殿内にフランスのスパイがいると疑念を持ったら、交渉は決裂してしまう。レーニエ公には、今回のことは宮殿内の不手際だと思わせないと……。コルネットのせいにするのです」

グレースはひと言も聞き漏らすまいとうつむいてじっと耳を傾けていた。

「確実に信頼できる側近はいますか？」

「フィリスは私が選んだ秘書よ」

「では、彼女に調べさせるのです。大公に災難が及ばぬように」

「どんな災難かな？」

　突然、レーニエ公の声が間近で聞こえ、グレースの心臓は跳ね上がった。顔を上げると、ドア口に寄りかかってタバコを吸っている彼の姿があった。その目は不審げに曇っている。

グレースと神父はぎこちなく立ち上がった。

「コルネットをクビにすべきかどうか、妃殿下から相談を受けていたところです。映画出演の件で、広報はヘマをしました」

　神父が取り繕ってくれたが、夫が信じたかどうか、グレースは確信が持てなかった。レーニエ公はいつにも増して陰気な顔つきで念を押した。

「リスクは承知だろ。君が責任を負う約束だ。子供たちの世話をしてくれ」

　冷めた口調でグレースに指示するや、身振りで神父をうながし、執務室へ向かっていく。グレースは彼の胸の内をまったく読み取ることができないまま、そのいくぶん丸まった背中を目で追った。

　7月に入っても、フランスとの交渉は難航したままで、夏休みのアメリカ家族旅行は中止となった。代わりに大公一家は、ロック・アジェルと呼ばれている南仏プロヴァンス地方の別荘で過ごしていた。その別荘は、家族で静かに過ごすために結婚後すぐに購入したものだった。

モナコを見下ろす山の上にある砦《とりで》のようなロック・アジェルは、海抜700メートルの高さにあり、ほとんど一年中、雲に包まれ、周囲のどこからも中の様子はうかがい知ることはできなかった。

もともとは古い農場で、今にも壊れそうだった家屋はモダンに改修されていたが、低木の茂みや野生のハーブなどは伸び放題のまま放置されている。

緑に囲まれたロック・アジェルは、空気がひんやりとしていて涼しく、夏場には埃《ほこり》っぽくなる古めかしい宮殿とはまったく趣が違っていた。そこには、居心地のいい家庭があった。グレースは嫁入り道具の荷物に忍ばせていたジーンズ姿になって、バーベキューで大好物のハンバーガーや黒ソーセージを焼いた。

レーニエ公もここでは上機嫌になった。マイホームパパよろしく日曜大工に精を出したり、大好きなスウィングのレコードに合わせてドラムを叩いたりして楽しんだ。

しかし、この夏は様相が一変していた。毎日のように側近たちが訪れ、レーニエ公は彼らと書斎にこもって会議をしなければならず、宮殿にいるときと同じように、不機嫌で疲れた表情をしていることが多くなった。

　側近たちの中には夏休み中の家族を伴ってくる者もいたが、ロック・アジェルでは、ゲストは宿泊できなかった。レーニエ公が、朝食のテーブルに他人が同席することを好まなかったからだ。モナコに自宅があるゲストは日帰りした。それ以外のゲストは、宮殿かホテルに泊まることになっていた。ロック・アジェルに滞在中のゲストが、朝の最高の眺めを楽しみたいと思ったら、早起きをして山道を上ってこなければならなかった。

　その日も、朝から側近たちがやってきてレーニエ公と書斎にこもっており、グレースをはじめとする女性陣は、夫たちの会議が終わるのを待って昼食の準備をしながら、庭やプールで子供たちを遊ばせていた。

　気温27度の適度な暑さの中、黄色の麻のパンツにざっくりとした同色系のオーバーブラウス姿のグレースは、日除けの帽子をかぶり、8ミリカメラで子供たちの姿を追った。

　プールサイドのバーカウンターの中では、アントワネット公妃とグレースの秘書のフィリスがカクテル用のレモンやオレンジを刻んでいる。

　誰かがプールに飛び込む水音が聞こえ、アントワネット妃が神経質そうな声を張り上げた。

「クリスチャン、やめなさい！　怪我《けが》するわよ」

　彼女の13歳になる息子が、プールに浮かべた浮き輪《フロート》めがけて飛び込んだところだった。グレースは8ミリカメラを構え、プールサイドのゲストたちを撮影しながら進んだ。

「こっちよ。笑って」

「ママ、見て！　上手に泳げるわ」

プールの中からカロリーヌが手を振る。グレースは微笑んで娘にカメラを向けた。

「見ているわ」

ついで、アントワネット妃とフィリスのほうへカメラを振ったそのとき、バーカウンターの隅に置かれた小さなテレビの音が耳に飛び込んできた。

〝大公妃のハリウッド復帰に、モナコ国民から反対の声が上がっています〟

画面には、中年の女性がマイクを向けられて映っていた。

〝国家が危機的状況なのに、ハリウッドに逃亡なんて！　どうせよそ者はモナコ人になれないのよ〟

続いて労働者風の男性が映る。

〝大公妃が男優とキスシーンを演じるなんて……〟

グレースの女優復帰騒動は、夏になってもまだ尾を引き、国民は想像以上に神経を尖《とが》らせていた。グレースがショックを受けて立ちすくんでいると、アントワネット妃が気づいてテレビを消した。

「気にしないで。あなたは私の弟の伴侶よ。大事なのは家族だわ。あなたは子供たちを守ることだけ考えて」

「ますますややこしくなっていくみたい」

グレースが肩を落としてため息をつくと、アントワネット妃は微笑んで頭《かぶり》を振った。

「贅沢《ぜいたく》な悩みだわ。あなたは選べるのよ。ここにいることもできるし、出ていくこともできる。私たちの中には、その選択肢がない人もいるのよ」

彼女はどこか切なげで、王族に生まれた悲哀のようなものが感じられた。二人のやりとりを、ビーチパラソルの下のテーブルで、サングラスをかけてタイプライターを打っていたマッジがじっと見つめていたが、グレースは少しも気づかなかった。

「夏休みなのにがっかり！」

派手な水着姿のマリア・カラスが大きな日除け用帽子をかぶってさっそうと現れ、その場は一気に華やかな雰囲気になった。

「政治に休みはないわ、カラスさん」

パーティで笑い者にされて以来、オナシスを嫌っているアントワネット妃は、そっけない態度でレモンを刻む作業に戻ったが、マリアはくったくがなかった。

「ああ、もうお願いよ。二時間も待っているのに、まだ会議中だなんて……。この美貌のすべてが無駄になるわ」

ギリシャ系アメリカ人のマリアとグレースは、初めて会ったときから意気投合していた。だが、今のグレースは彼女の軽口につきあう気にはなれなかった。お愛想程度に微笑んでうつむいていると、マリアが気を引き立てるように言った。

「さっき気づいたけど、馬小屋があるのね」

馬と聞いて、グレースの心は躍った。ここしばらく、馬に乗ることなど忘れていたのだ。グレースは気持ちを切り替えて応じた。

「乗馬をなさるの？」

マリアは艶然《えんぜん》と微笑んだ。

「もちろんよ」

その頃、半地下室にある薄暗い書斎では、照明も点けずにレーニエ公がド・ゴール大統領に電話をかけていた。

「大統領、モナコは決断しました」

彼のデスクの周りには、オナシス、ジャン＝シャルル、タッカー神父と数名の閣僚が集まり、固唾を呑んで交渉の行方を見つめている。すでに降参するしかモナコが生き延びられる道はなかったが、１００年間も続いた税法上の優遇措置を全面的に投げ出すことだけは避けたかった。

レーニエ公は屈辱を堪え、淡々とド・ゴールに告げた。

「モナコはフランスに忠誠を誓い、フランス企業への課税を行います。それによって、各企業がどうするかは彼らしだいです」

〝話にならん！　モナコ企業にも課税し、国民にも所得税を課すのだ。その徴収分をフランスに収めてもらいたい〟

「それは交渉ではなく、強奪です」

〝私はいい恥さらしだ。ケネディやフルシチョフは私を冷笑している。フランスがモナコに最後通告を突きつけても、話題になるのは大公妃のハリウッド復帰だけだからな〟

レーニエ公は頭を抱え、声を絞り出した。

「それは誤解です」

〝大公妃はハリウッドに復帰するのか？　どうなんだ？〟

レーニエ公はためらうことなく断言した。

「復帰しません」

その答えが予想外だったのか、ド・ゴールは沈黙した。

「大統領?」

レーニエ公が呼びかけると、ことさら尊大な声が聞こえてきた。

〝フランスが保護しているからこそ、大公の家族にも国があるのだ。こちらが提示した条件で今夜中に合意しないと、モナコは暗黒時代に逆戻りすることになりますぞ〟

電話は一方的に切られ、レーニエ公は憤慨して受話器を叩きつけるように置いた。隅の暗がりでスコッチを飲んでいたジャン=シャルルが、不安げに問いかける。

「これでどうなるのですか?」

レーニエ公は力なく告げた。

「明日から国境封鎖になる」

「我々は国連にも加盟していませんし、頼れる相手がいません」

内務大臣が解決策でも探すかのように皆を見回す。すると、オナシスがタバコに火を点けて一服してから提案した。

「ケネディに電話をしてみたらどうだ?」

タッカー神父は失望してため息をついた。

「アメリカはフランスには不干渉です」

オナシスは何とか解決策を見いだそうと頭を絞った。

「だったらヨーロッパ諸国が、ド・ゴールに圧力をかけるべきだ。モナコへの脅威は、ヨーロッパにとっても脅威だと主張するのだ」

ついでレーニエ公に提案する。

「サミットをお膳立てしよう。ルパート・アランを使ってヨーロッパ諸国を味方につけるのです」

神父は眉をひそめて異議を唱えた。

「ヨーロッパを戦場にするつもりですか、オナシスさん？」

「私の投資を守るためだ」

オナシスは彼を睨みつけてから、立ち上がってレーニエ公のデスクに回り込んだ。

「殿下には大公妃という切り札がある。囚《とら》われの姫君が」

「人によっては、彼女は宝物ではなく、お荷物だと言う者もいる」

レーニエ公の煮え切らない態度に、オナシスは苛立った。

「そろそろ彼女に役に立ってもらう時です。殿下は彼女の夫でしょう。しっかり手綱を握りなさい」

神父は即座に反論した。

「妃殿下をこの件に巻き込むべきではないと思います」

レーニエ公はジレンマにおちいり、側近たちから顔をそむけて黙り込んだ。

乗馬服に着替えたグレースとマリアは、２頭の見事な馬にまたがり、広々とした緑地を駆け抜けていた。

グレースの馬はルノーバー種の鹿毛《かげ》で、アルベールが生まれたとき、レーニエ公から贈られたものだった。マリアが乗っている馬は、結婚祝いとしてスペインの総統、フランシス・フランコ将軍から贈られたもので、ウェーブのかかった長く豊かなたてがみと、長い尾が美しい芦毛のアンダルシアンだ。

新鮮な夏の空気を肺いっぱいに吸って駆けるうちに、グレースはさまざまなプレッシャーから解放されるのを感じた。涼やかな微風が広葉樹と常緑樹をそよがせ、野花の頭を揺らしていた。鳥たちは空を切って空高く舞い上がり、鳴き声を響かせている。虫の音も聞こえる。それらのすべてが心に染みた。ロック・アジェルは、まさに自分たち家族の愛しの我が家だった。義姉のアントワネット妃が指摘したように、出ていくこともできる。だが、グレースは出ていきたくなかった。さりとて映画出演もあきらめたくなかった。

グレースが拍車をかけながら後ろを振り向くと、マリアが追ってきて横に並んだ。とそのとき、馬が何かに驚いたかのように、荒く甲高い声を上げて止まった。二人はいつしかゲート近くまで来ていたのだ。ゲートの向こう側に群がっていた大勢のカメラマンや記者たちが、二人の姿を見つけて騒然としている。

「妃殿下、何かひと言！」

グレースの表情はたちまち暗くなった。すると、マリアが言った。

「以前、オナシスに歌をやめろと言われたことがあったわ」

「本当？」

「でも、私はアーティストよ。ファンが私を放っておかないのよ。隠れることもあきらめることもできない」

その言葉は、グレースの心情を示唆しているかのようだった。グレースはマリアの馬を回り込み、彼女と向き合った。

「私はまだあきらめないわ」

「分かっているわ。グレース・ケリーと大公妃を辞めたら、本当のあなたは？」

マリアから投げかけられた疑問は、グレースの胸にまっすぐに突き刺さった。

昼食はアメリカンスタイルのバーベキューだったが、食事の仕方はヨーロッパ的だった。プールサイドに設けられた長いテーブルに、家族、親戚、ゲストたちが座って食べていて、給仕係が飲み物を注《つ》いで回っている。

上座である一番端にレーニエ公が座っていて、一方の列には、アントワネット妃、タッカー神父、アルベール公子、グレース、フィリス、クリスチャンの順で並び、もう一方の列には、パリから訪れたジスレーヌ公妃、ジャン＝シャルル、マリア、オナシス、カロリーヌ公女、マッジといった順で座っていた。その他のゲストたちは、思い思いにどちらかの列に陣取っている。

深い悩みを抱えたレーニエ公は、ひと言もしゃべることなく自分のハンバーガーにマスタードを塗っていて、グレースは息子のために黒ソーセージを切っていた。

「フランスはずるいわ」

アントワネットが弟に水を向けると、ジスレーヌ妃がすかさず言った。

「食事中に政治の話はやめて」

彼女は、祖父のルイ二世が晩年になってパリで結婚した30歳年下の未亡人で、大酒飲みの元女優だった。

「でもお祖母様、お祖父様だったらどうしたかしら？」

姉の言葉で、レーニエ公は緊張して顔をしかめている。彼が癇癪を起す前に、ジャン＝シャルルが口を挟んだ。

「お祖母様のおっしゃるとおりだ。この話題はよそう」

危機が回避されたのも束の間、ジスレーヌ妃がプールサイドに飾られた花を見て、驚きの声を上げた。

「白いユリを飾ったのは誰？」

今度はグレースが緊張する番だった。

「私ですが……」

「葬儀にしか使わない花よ」

グレースは赤面し、思わずマッジを見やった。

「マッジは問題ないと……」

「私は白い花と言っただけです。白いユリとは言っておりません」

マッジが平然と言い放ち、その場は気まずい雰囲気に包まれた。グレースは一瞬、呆気《あっけ》に取られたが、すぐに立ち直って指摘した。

「私が注文したときには、白いユリしかなかったことを、あなたも知っていたはずよ」

マッジは反論せず、視線を落として食べ続けている。彼女がミスを犯したのか、それともわざとグレースに白いユリを注文させたのか……。マリアが真偽のほどを明らかにしようとマッジを睨みつける。だが、彼女が口を開く前に、レーニエ公の冷ややかな声がグレースに飛んだ。

「髪型もマッジのせいか？」

突然、矛先を自分に向けられ、グレースはどぎまぎしながら、夏らしく短めにカットした髪に手を触れた。

「……髪型？」

「誰がそんなに短く切れと言った？」

すかさずマリアがグレースを擁護する。

「今は一九六二年なのよ」

だが、レーニエ公は容赦なかった。

「関係ない」

「私はエレガントだと思うわ。それは今、流行っているアーティチョークルックよ」

アントワネット妃も助け船を出したが、無駄だった。レーニエ公は自分の考えを変えようとはしない。

「最悪だ」

よりによって皆の前で夫に恥をかかされたグレースは、肩を落として凍りついている。ジスレーヌ妃は気の毒に思ったらしく、血のつながっていない孫を彼女なりになだめようとした。

「モデル風よ。モダンだわ」

そう言って、グレースに向かってワインのグラスをかかげる。だが、彼女の言葉は、レーニエ公の怒りの炎に油を注いだだけだった。

「妻はモナコ大公妃だ。そして、あなたはパリの酔っ払いにすぎない。もし、あなたの意見がほしいときは、私からお聞きしますから、口出しは無用です」

ジスレーヌ妃は口をつぐむしかなかった。グレースは、年老いた未亡人を侮辱する夫の傲慢さに我慢ならず、できるだけ穏やかな口調で反撃に出た。

「ねえ、あなたは常々、モナコを近代化したいと……」

最後まで言わせず、レーニエ公は爆弾を落とした。

「ヒッチコックに電話して、映画出演は断れ！」

グレースは驚き、夫の顔色をうかがってからマリアを見やった。マリアが目で自己主張しろとばかりに合図するそばから、レーニエ公はたたみかけた。

「幸せな結婚生活であることをアピールし、女優は完全に引退すると公表しろ」

グレースは彼とは目を合わせずに、サラダをフォークで突きながら皮肉っぽく切り返した。

「それはド・ゴールの命令？」

「私の命令だ」

「独善的ね」

「夫だからな」

グレースは顔を上げ、レーニエ公をひたと見つめた。

「私は嫌よ」

嵐がやってくる予感に、皆、固唾を呑んで二人に注目した。ある者は心配そうに、ある者は内心、ほくそ笑みながら……。そして、カロリーヌとアルベールは、不安げな表情で両親の顔を交互にうかがっている。

だが、レーニエ公は、妻への攻撃をやめようはしない。

「結婚は強要していないぞ。自分でモナコに来たんだろ」

「殿下、言いすぎです」

タッカー神父が諫《いさ》めても、レーニエ公は聞く耳を持たなかった。

「夫より映画か？」

グレースは深く傷つきながらも、何とかその場を取り繕うとした。

「たかが映画よ」

ところが、さらに辛辣な言葉が返ってきた。

「たかが女優さ」

もはやグレースの忍耐も限界だった。不当な扱いに対する腹立たしさが心の底から湧き上がり、かつて絶大な権力を持つスタジオと互角に渡り合ったときのような勢いで、夫を糾弾し始めた。

「これは映画の問題じゃないわ。分からないの？　ド・ゴールは私たちの仲を裂き、モナコを乗っ取るつもりなのよ。あなたは聞く耳を持たず、考えもしない！　臆病で決断力もなく、自分の意見も言えない！　危機の恐怖に怯《おび》えているだけよ！」

レーニエ公は拳を握り締めたかと思うと、椅子を蹴って立ち上がった。神父が万一に備えて身構えた瞬間、彼は自分のグラスを力いっぱい床に叩きつけ、皆は息を呑んだ。一瞬後、レーニエ公は肩を怒らせて立ち去っていく。

危機に直面している結婚が皆の知るところとなり、グレースは居たたまれなかった。気まずい沈黙が続く中、彼女は怯えている子供たちを見て、カロリーヌに微笑み、すぐそばにいるアルベールを抱き寄せた。

「ママ、大丈夫？」

グレースは涙を堪えて息子の頭にキスをした。

「ええ、大丈夫よ」

そのかたわらでは、タッカー神父が床に砕け散ったグラスを拾い集めていた。

自室にこもって『マーニー』の脚本を読んでいたグレースは、夕方になってフィラデルフィアの実家に電話をかけた。

〝ケリーです〟

電話口に出てきたのは、母親のマーガレットだった。たちまちグレースの脳裏に、子供の頃の懐かしい記憶がよみがえる。妹のリザンヌが生まれるまで、母親の膝はグレースのものだった。

「ママ……」

〝グレース？　驚いたわ。今、ちょうどあなたのことを考えていたの〟

「毎年、ジャージー海岸に遊びに行ったのを覚えている？」

〝もちろんよ〟

「よくバーベキューをしたわ。覚えている？　スイカの種の飛ばし方をパパから教わり、兄さんより遠くに飛ばしたわ」

〝お父さんは海が嫌いだったわ〟

母親はそっけなく応え、聞いてきた。

〝あなた、大丈夫なの？　ちょっと心配な新聞記事を読んだけど……〟

グレースの顔はたちまち曇り、話題をそらした。

「私の手紙、受け取った？」

〝家族みんなに話したわ。フランコ将軍に会ったのね〟

グレースは実家への手紙には、公妃としてレーニエ公と外国を訪問したり、各国の首脳と会ったりして充実した日々を送っているとか、チャリティに精を出しているとか、子供たちがすくすくと成長しているといったような、母親が喜びそうな話しか書いていなかった。

「返事はくれないの？」

グレースが甘えるように問いかけると、母親らしい現実的な答えが返ってきた。

〝大公妃に書くような話はないわ〟

そして、お見通しとばかりにつけ加えた。

〝まさかアメリカに戻らないでしょうね〟

グレースはこういう話の展開になるとは思っていなかった。ただ幼い頃のように、無性に母親に甘えたくなって電話しただけなのに……。グレースが失望して黙り込んでいると、母親が呼びかけてきた。

〝グレース？〟

娘の沈黙を無視してしゃべり始める。

〝お父さんが生きていたらこう言うわ。「ハリウッドだと？　お前はもう女優じゃない。分かっているな、グレース」ってね。お父さんはきっと墓の中で憤慨しているわ〟

グレースが黙っていると、母親は再び呼びかけた。

〝グレース？　一体、どうしたの？〟

「普通の会話をしたかったわ」

グレースはやっとの思いで言葉を絞り出し、受話器を耳から外した。

〝あなたはどのフィラデルフィア出身者よりも恵まれているのよ〟

母親はまだしゃべっていたが、グレースは電話を切って両手で顔をおおい、さめざめと泣いた。もはや彼女が逃げ帰ることができる家は、どこにもなかった。

そばでお絵かきをして遊んでいたカロリーヌが、心配そうに近づいてくる。

「ママ、なぜ泣いているの？」

グレースは涙を拭って娘を抱き寄せ、その頬にキスをして取り繕った。

「お母さんと話してうれしかったの」

夜になって、照明が落とされた暗い映像室には、スクリーンの前のソファに体を投げ出すようにして座っているグレースの姿があった。スコッチのグラス片手に、彼女自ら〝世紀のカーニバル〟と名づけた、あのMGM製作の結婚式のモノクロ映像を観ている。レーニエ公と並んで大聖堂の祭壇にひざまずき、結婚を誓う女優グレース・ケリーの姿を……。

あの頃は、おとぎ話を信じていた。愛にあふれたロマンティックな生活を夢見ていて、愚かにもそうなるであろうと確信していたのだ。だが、現実はそんな甘い生活とは程遠く、今や彼女の結婚生活は、過酷な試練と化していた。

グレースが悲嘆に暮れてスコッチを飲んでいると、タッカー神父がやってきて隣に座った。彼女の悲しみを共有するかのように、何も言わずに寄り添う。グレースは映像を一時停止にし、彼に問いかけた。

「おとぎ話を信じる?」

「いいや、ハッピーエンドは信じるがね」

神父は即答し、スコッチを飲んだ。グレースは体を起こして彼と向き合った。

「私が『喝采』でオスカーをとったとき、父は記者に言ったわ。〝まったく信じられない。4人の子供たちの中で、あの子にだけは何も期待していなかった。何かをやり遂げるとしたら、長女のペギーだと思っていた。グレースにできることなら、姉のペギーのほうが上手くできる〟と……」

そのコメントに、グレースは傷ついた。授賞式ではうれし涙を流したものの、オスカーを受賞した日は、彼女の人生の中で一番寂しい思いをした日だった。

「父は内心、怒っていたのよ。反対を押し切って女優になった私を。どんなに成功しても、私は空《むな》しかった。レーニエと結婚しても、結局、同じだったわ」

そうつぶやくように言って、涙と一緒にスコッチを飲み込む。神父は彼女を痛ましげに見やった。

「辛《つら》いのは分かりますが、大公殿下はあなたを愛していますよ」

グレースは子供のように頭《かぶり》を振った。

「私の幻想を愛しているのよ」

神父には彼女が何を考えているのか、手に取るように分かった。

「大公殿下を愛していますか?」

グレースはその質問に答えることはできなかった。代わりに胸に渦巻いている思いを吐き出した。

「神父様……離婚したらどうなるかしら?」

神父は彼女の胸の内を推し量りつつ、慎重に口を開いた。

「……お分かりかと思いますが、あなたは二度とモナコに戻れなくなります。お子さんたちは苦しむことになるでしょう。王室の世継ぎですからね」

グレースはうつむいてうなずいた。婚約したとき、グレースはレーニエ公と正式な契約を取り交わしたが、その中に離婚の際には、婚姻によって生まれた子供は、父方の保護下に置かれるという条項もあった。王室の子孫であると同時に、王位継承者であるため、別れた妻が面倒を見ることは不可能であり、こればかりは例外も譲歩もない絶対条件だった。

その話を聞いた友人たちは、皆、恐れをなしたが、グレースはまったく気にしていなかった。離婚することなど、あり得ないと思っていたからだ。

神父はさらに続けた。

「あなたは大公妃失格のレッテルを貼られることになります」

グレースは涙を拭って心情を打ち明けた。

「映画出演を断りたくないの。どうしても」

「それでもいい。様子を見ましょう。なるようになります」

神父の答えは、グレースが期待したものではなかった。彼女の不満げな横顔を見て、神父は自らの罪について考えた。

「王族との結婚を夢見る者は、その意味を理解していません。あなたの場合はさらに100万キロ以上離れた文化の違いがあります。私はモナコで15年間暮らしていますから、よく分かっています」

　グレースは涙を拭うのも忘れて彼をまじまじと見た。

「それでもまだここに？」

「非情なこの国で、大公殿下には私の助けが必要だからです。あなたの助けも」

「そうは思えないわ」

「大公殿下は怯えています。あなたの本音に……。大公殿下は肩書きを外して話す余裕がないのです」

　神父の自分に対する信頼に、グレースは心を動かされたものの、彼の見解を受け入れることはできなかった。

「神父様、私は彼とどうやって生きていけばいいの？　本当の自分でいられない場所で、残りの人生を生きることはできないわ」

「本当の自分とは？　女優グレース・ケリーですか？　それはあなたが作り出した女性です。歩き方を学び、美しいアクセントを身につけ、見事に演じ切った。だが、今は二人の子を持つ主婦で、自分の結婚式の映像を見ている。それでいいのですか？」

　神父は彼女のほうに身を乗り出し、説得にかかった。

「あなたは人生最高の役を演じるためにモナコに来たはずです。あなたこそモナコ大公妃殿下、バレンティノワ公妃……その他137もの称号がつく。ハリウッドに戻ったところで、あなたの将来はどうなります？　うまくいくとは限りませんよ。数年後にはB級のホラー映画にしか出演できなくなっているかもしれない。あなたはすでに最高の役を手に入れているのですよ。ご自分で脚本を書いてごらんなさい」

グレースは興味をかき立てられながらも、それが茨《いばら》の道であろうことは容易に想像できた。おとぎ話の現実を知ってしまった今、ここに踏みとどまって公妃という役を演じるには、相当の覚悟が必要だった。

「簡単に聞こえるわ」

神父は映写機のスイッチを入れ、スクリーンを指差した。

「ごらんなさい。映っているのはファンタジーだ。おとぎ話ですよ。本物の人生でも、本物の愛でもない。本物の愛は身を捧《ささ》げることです」

神父の言葉が腑《ふ》に落ち、グレースは何も言わずに耳を傾けた。

「おとぎ話は、いつかは終わる。父親や私のために生きるのではない。自分自身とレーニエ公と子供のために生きるのです。もし、あなたが公妃という役を全力で演じる気があるなら、力になってくれる人を紹介しますよ」

神父は励ますようにグレースの肩に手を置き、出ていった。グレースは彼の言葉を心の中で反すうしながら、スクリーンに映っているおとぎ話の中の女優グレース・ケリーの姿を見つめた。

午前零時、雨の降りしきる中、レインコートを着たフランスの税関吏たちが一斉に暗がりから現れ、フランスとモナコを結ぶ4本の主要道路を有刺鉄線で封鎖した。〝税関検査のため、一日停止〟という標識をかかげ、通行する車両を止めた。モナコ公国は、包囲されてしまったのだ。

知らせを受けたレーニエ公たちは、急いでモナコに戻ることとなった。夜明けとともに、有刺鉄線が張られた国境の両側には、車が長い列を作り始めた。

第六幕　公妃の切り札

ラジオから国境封鎖のニュースが流れる中、レーニエ公の執務室では、夜を徹しての会議が開かれていた。会議用のテーブルには、国境線を示す地図が広げられ、タバコの煙が充満し、緊迫した空気が漂っている。

ところがレーニエ公は心ここにあらずといった状態で、皆に背中を向けていて、ひと言も発しようとはしない。しびれを切らしたジャン＝シャルルは、ことさら不安をあおるかのように言い立てた。

「国境線に有刺鉄線が張られ、モナコの海域の境界には、軍艦が配備されています。ニース空港からも遮断されてしまいました」

内務大臣も同調する。

「必要物資は2ヵ月で底をつくでしょう。時間との戦いです」

すると、背を向けたままのレーニエ公から他人事のようなつぶやきが聞こえてきた。

「侵攻してくるのか?」

ジャン＝シャルルはこの機を逃すまいと、彼のデスクに詰め寄った。

「おそらく10月までには。手段があれば、急いで手を打つべきです」

苦々しい表情でタバコの煙を吸い込んで振り返ったレーニエ公は、その場にいる全員が指示を求めて自分を見つめていることに気づいた。だが、その中に彼が頼りにする人物の姿はなかった。

レーニエ公はタッカー神父を捜して、執務室から出てきた。ちょうどそのとき、神父が足早にやってきた。

「どこにいたのだ?」

神父は息を切らしながら答えた。

「今回の件でバチカンに説明を求められていたのです。主権は大公殿下が掌握していると教皇に伝えました」

レーニエ公はバツが悪そうに背中を丸め、ぎこちなく彼にたずねた。

「……グレースはどうしている?」

昨夜、二人は別々に宮殿に戻り、顔を合わせていなかった。タッカー神父はレーニエ公の苦悩を感じ取り、労《いたわ》るように肩に手を添えた。

「ご自身で確かめられては?」

レーニエ公は面目なさそうに頭を抱えた。

「どう話せばいいか分からない。最悪の気分だ」

「まずは謝ることから始めたらいかがです?」

「馬鹿げた出演騒動のせいで気まずいことに……」

しきりに愚痴るばかりのレーニエ公を、タッカーはまるで息子であるかのように自愛を込めて見つめた。

「お願いですから彼女と話してください。大公殿下は怒ってばかりです」

「何と言葉をかければいい?　どうも苦手なんだ。妻なのに……。あのとき、君は大公妃にふさわしいと……」

レーニエ公は、執務室のドア口で葉巻に火を点《つ》けているオナシスに気づいて口をつぐみ、きびすを返した。その背中に向かって、神父は言った。

「彼女は人生を投げ打ったのですよ」

レーニエ公が陰険な顔つきで肩ごしに振り返る。

「どっちの味方だ?」

「敵も味方もありません」

そう答えた神父は、我が大公に少なからず失望していた。レーニエ公は執務室に入り、彼を拒絶するかのようにドアを閉じた。


数日後の日曜日、ミサを終えて教会の外で信徒たちを見送っていたタッカー神父は、グレースが乗ってきた車に寄りかかって、自分を待っていることに気づいた。深紅のスタイリッシュなワンピース姿で、濃いサングラスをつけ、帽子を目深にかぶっている。

グレースはサングラスを外した。その目は、並々ならぬ決意に満ちていた。


ほどなくして、グレースはタッカー神父に伴われ、時代がかった大邸宅を訪れた。

「これは驚いた。粗末な我が家に大公妃がご来臨とは……。歓迎致しますよ。ちょうどお茶の時間です。どうぞお入りください」

テラスで仰々しく出迎えたのは、宮殿の儀式を取り仕切っているレーニエ公の侍従、フェルナンド・デリエール伯爵だった。

古めかしい荘厳な造りの広間に通されたグレースとタッカー神父は、並んでコーヒーテーブルに着いていた。60代のデリエール伯爵は、白髪で小柄ながら威厳のある、抜け目なさそうな人物だった。彼は自らアンティークの陶器のティーセットで紅茶を淹《い》れながら、率直に聞いてきた。

「結婚の危機ですかな？　妃殿下が初めてではありません。故郷を離れて逆境に立ち向かう姫君は、試練に直面し、ほとんどの場合、失敗に終わる」

グレースは戸惑い、タッカー神父を見やってから冗談めかして伯爵に言った。

「優しい激励の言葉ね」

神父が彼女にささやく。

「彼の家系は３００年前まで遡ることができるのです。オノーレ二世の時代まで」

グレースは納得して、お茶を運んできた伯爵の言葉に耳を傾けた。

「私の専門は外交儀礼で、結婚じゃない。だが、この身を捧《ささ》げる覚悟です。モナコに」

伯爵はそう言って、紅茶の入ったカップを優雅な手つきでグレースに差し出す。それを受け取ったグレースは、気後れしている自分を励まして言った。

「この国の習慣や歴史、外交儀礼を知りたいのです。すべてを……」

伯爵は目を丸くして、眉をひそめた。

「ご存じないのですか？」

何か企みでもあるのではないかと思っているようだ。グレースは恥を忍んで告白した。

「結婚したとき、誰も教えてくれなくて……。あまりにも短期間に決まった結婚でしたので、お妃教育を受ける時間もありませんでした。知るだけじゃなく、身につけたいのです。神父様が、伯爵なら力になってくださるとおっしゃいました」

合点がいったらしく、伯爵が大きくうなずくと、神父は言い添えた。

「大公には内緒で」

伯爵が困惑した表情になり、グレースは彼が難色を示す前に、真情を吐露した。

「私は世界中が見つめる中で誓約したのです。子供のためにもこの結婚を貫き、世間に大公妃失格とは言われたくないのです」

彼女をまじまじと見つめていた伯爵は、一瞬後には口元を緩めた。


翌日から、さっそくデリエール伯爵による大公妃への講義が始まった。講義場所は、伯爵邸の海に面したテラスだ。さわやかな潮風が吹きつける中、テラスの一角のテーブルでは、グレースに付き添ってきたタッカー神父がお茶を振る舞われ、物思いに沈んでいる。

もう一角のテーブルでは、宮殿の組織図が貼られたボードの前に立つ伯爵の講義を、グレースが緊張の面持ちでノートにメモを取りながら熱心に聞いていた。

「宮殿には常時、400名の人間が働いています。まずは儀典官です。それに管内官と副官。そして、大公妃付きのマッジが中枢の側近です。それぞれの上下関係をしっかり把握しなければならない。なぜなら、彼らは一人残らず、自分をよく見せて人を欺くプロだからです」

グレースは当惑した。

「誰を信用すべきです？」

「分かりません」

伯爵は肩をすくめ、グレースの隣に座って続けた。

「モナコはヨーロッパ最古の王室です。ここに巣食う打算と闘うのも大公妃の務めです。あなたは『真昼の決闘』では得体の知れない女性を演じ、『泥棒成金』では氷の塊のような女性を演じた。映画のときと同じように、公妃の役を演じればいい」

グレースは意外に思いながら聞いた。

「私の映画をご覧になったのですか？」

「私はあなたの大ファンですよ」

伯爵がいたずらっぽく微笑んでみせ、グレースの緊張は一気に解けた。

デリエール伯爵の講義は、翌日も続いた。その日の講義場所は、伯爵邸の図書室だった。伯爵は埃《ほこり》にまみれた革表紙の分厚い書籍を出してきて、グレースが使っている古風なデスクに置いた。

彼女が目を通し終わった頃を見計らい、伯爵は公国を見下ろす岩山へと案内した。夕暮れ時が迫る中、グレースは地図を片手に、伯爵と彼の愛犬、タッカー神父とともに、険しい岩山を登った。先を行く伯爵が、ガイドよろしく説明をする。

「モナコはおよそ千年も前から、個人の自由を尊重してきました。グリマルディ家は、その理想を代々守り続ける責務を負っているのです。１２９７年1月、北イタリア出身のフランチェスコ・グリマルディとその仲間の一団が、修道士に扮してモナコの砦《とりで》を攻めとり……」

グレースはすばやく口を挟んだ。

「イル・マリツィア狡猾《こうかつ》王ね」

伯爵がにっこりとしてあとを引き取る。

「そのとおり。フランチェスコ・グリマルディは、歴史上ではイル・マリツィア狡猾王として知られています。グリマルディ家では、この物語を誇りとしてきました。だから彼らの紋章には、上着の中から剣を取り出す聖人のような二人の修道士の姿が用いられているのです」

伯爵が実際に歴史的戦いの行われた場所を指差す。

「ルイ十四世が奪回を試みたが失敗。フランス革命を機にフランスの一部となったものの、１８１４年のナポレオン追放でモナコは復活しました」

伯爵はグレースに身を寄せてささやいた。

「彼は以前ほど若くはありません」

その言葉で、後ろを振り向いたグレースは、苦労しながら登ってくる神父に気づき、手を貸すために急いで岩山を下った。


8月初旬のある日、グレースは昼に公務があったために、夕方になってから子供たちを連れて伯爵邸を訪れていた。グレースが講義を受ける間、子供たちはタッカー神父や伯爵の犬やオウムと遊んでいる。

講義の終わりに、伯爵が分厚い本をバタンと閉じて言った。

「モナコを守る古き良き武器は、狡猾さと決断力、そしてあなただ」

メモを取っていたグレースは驚いて顔を上げた。

「私が?」

「あなたは公妃の役を完璧に演じたいのでは?　違いますか?」

グレースがうなずくと、伯爵は彼女を書斎へと案内した。そこにはフランス人と思しき二人の中年女性が待っていた。二人とも貴婦人然とした身なりで、帽子と手袋を着けている。

伯爵が細身のメガネをかけた女性を身振りで示して紹介する。

「マドモアゼル・バジェット、フランス語の先生だ」

バジェットは優雅に腰を落として会釈した。続いて伯爵は、二人目のふくよかな女性を身振りで示した。

「マダム・ルクレール、作法と振りつけの先生です」

ルクレールも同じように会釈し、不意を突かれたグレースは、思わずかぶっていた帽子を脱いで硬い笑みを浮かべた。

「ボンジュール」


翌日からフランス語と作法のレッスンが始まった。グレースは特にフランス語に意欲的に取り組んだ。

これまで彼女のフランス語が上達しなかったのは、英語が堪能な夫の存在とアメリカ人の個人秘書を雇っていたせいもあった。加えて子供たちは母親とは英語で、父親とはフランス語で話していて、グレースは家族の間では何の不自由も感じていなかったのだ。だが、公務のときに母国語がうまく話せない公妃では、何かと体裁が悪かった。

フランス語のレッスンが始まる前に、デリエール伯爵がグレースに示唆した。

「妃殿下は、優雅なフランス語を身につけなければなりません。耳をフランス語の完璧なアクセントに慣れさせてください。アクセントには、その言葉そのものとはまったく別のリズムがあります。リズムを覚えるのです。そうすれば、あなたがこれまで経験しなかった方法で、この国の文化を理解することができます」

それはアカデミー演劇学校時代に、声の矯正クラスで最初に教授から教わったこととよく似ていた。伯爵が見守る中、グレースは学生に戻った気分で、マドモアゼル・バジェットの指導を受けた。

「ルージュのドレス」

バジェットの発音を真似《まね》て同じ言葉を繰り返す。

「ルージュのドレスは……」

たちまちバジェットにさえぎられた。

「大公妃殿下、Rの発音にご注意を。舌の裏を使ってください。ア……ル！」

彼女が身振りを交えて発音してみせ、グレースもそれを真似て、必死の形相で繰り返した。

「ア……ル！　ルージュのドレスは魅力的……」

「魅惑、的！」

「ルージュのドレスは魅力的……」

レッスンを受けるグレースの背後では、伯爵の飼っているオウムが同じ言葉を彼女よりもうまく発音していた。

作法のレッスンでは、伯爵がまずグレースに、彼女がオスカーを受賞した際の授賞式の8ミリフィルム映像を見せて難点を指摘した。

「緊張でこわばっています。肩に力が入って、動作がぎこちない」

若い頃の未熟な自分の姿を見せられるのは、グレースにとって何とも気恥ずかしかった。

伯爵は彼女を立たせ、正しい姿勢を指導した。

「背筋をまっすぐに伸ばして呼吸を整えてください」

伯爵の手がグレースの腹部に置かれ、彼女が息を吸い、そして吐くタイミングをうながす。

「自然のリズムに身を委ねるのです」

グレースは思い切って目を閉じ、呼吸とともに自分の緊張感を飲み込んだ。

マダム・ルクレールは歩き方とダンスを指導した。それらは女優だったグレースの得意分野だった。ルクレールのすべるような歩き方を、グレースはすぐに完璧に真似ることができた。そればかりか、いたずら好きの彼女は、わざとつまずき、おどけてルクレールを面食らわせた。

ダンスはデリエール伯爵が相手を務めてくれた。若い頃、ダンサーになろうかと思っていたグレースにとって、優雅な踊り方を習得するのはたやすいことだった。

8月中旬、宮殿内の広報室では、9月22日に決まったヨーロッパ・サミットへ向けて、ルパート・アランの陣頭指揮のもと、レーニエ公の側近や大勢のスタッフが各国への根回しのためにひっきりなしに電話をかけたり、タイプライターを打ったりしていた。

壁にはヨーロッパ近隣諸国の大きな地図が貼られ、レーニエ公と側近たちも詰めていて、状況を見守っている。

アランが通話中の電話の受話器を手でおおいながら、レーニエ公に報告する。

「イタリアが参加なら、ドイツも来るそうです」

レーニエ公はうなずき、即座に指示した。

「イタリアの首相につなげ」

デスクに座って電話をかけていたジャン＝シャルルが叫ぶ。

「今、ロンドンを！」

内務大臣はサミットには懐疑的らしく、発案者のオナシスに問いかけた。

「封鎖中に外交使節を呼ぶのですか？」

デスクの一つに陣取ってタバコを吸っているオナシスは、平然と言い放った。

「いくらド・ゴールでも外交使節の入国は拒めんさ」

その様子を、タッカー神父が部屋の隅に立って見つめていた。もはや誰も彼の存在を気にしていなかった。レーニエ公は疑心暗鬼におちいっているらしく、グレースと話すようアドバイスをした日以来、彼を避けるようになっていた。

神父が所在なげに立っていると、制服姿の下僕がやってきて一通の封書を手渡した。

「アメリカからです」

封書の差出人を見た神父は、顔色を変えてすぐさま部屋から抜け出した。

その日の夕刻、タッカー神父は伯爵邸を訪れ、デリエール伯爵と庭を歩きながら話し合っていた。

「あなたは大公夫妻にとって父親のような存在だ」

伯爵の指摘に、神父は深刻な表情でうなずいた。

「だからこそ大公夫妻に知られずに去らなければ……」

話題を変え、サミットの件を告げる。

「オナシスの提案でヨーロッパ諸国の代表を、9月に招く。ド・ゴールに対抗する軍事支援を得るためだ。サミットに間に合うよう、大公妃教育の仕上げをしてほしい」

伯爵は驚いて神父の横顔をうかがった。

「単なる夫婦問題ではなさそうだな」

「残念ながらそうだ。夫婦が力を合わせないと、モナコはおしまいだ。妃殿下はどうですか？」

神父の顔には、憂いがありありと表れている。伯爵は考える素振りをし、肩をすくめた。

「自信を持てずにいるようだ」


９月中旬、伯爵邸のテラスでは、デリエール伯爵が見守る中、その日もグレースのフランス語のレッスンが行われていた。グレースは以前よりもずっと流暢《りゅうちょう》なフランス語が話せるようになったが、まだ完璧とは言えなかった。

「彼女は海岸で貝殻を売る……彼女は海岸で貝殻を売る……」

フランス語の早口言葉を繰り返すグレースに、マドモアゼル・バジェットが容赦なく指示する。

「もう一度」

「彼女は海岸で貝殻を売る……彼女は海岸で……」

頓挫したグレースは自分に苛立《いらだ》ち、フランス語の教科書をテーブルに叩《たた》きつけて立ち上がった。

「ああ、難しすぎる！」

テラスを横切り、背を向けて深々と息を吸う。

「もう一度、やってください」

伯爵が優しく促したが、グレースは無視してそのまま歩き去ろうとした。だが、テラスの端のテーブルで新聞を読んでいたタッカー神父と目が合い、彼女は足を止めた。

「頑張れ」

そのひと言に励まされ、グレースは戻って再びフランス語の言葉遊びを始めた。

「彼女は海岸で貝殻を売る……彼女は海岸で貝殻を売る……」

お妃教育の仕上げは、デリエール伯爵による公妃にふさわしい仕草や表情の作り方だった。

「妃殿下は、すべての動きが生死にかかわると思って振る舞わなければなりません。一番簡単な方法は動かず、表情や目だけで意思を表すことです」

伯爵はそう言って、〝怒り〟と書かれたカードをかかげた。グレースは顔を動かすことなく、怒りの表情を作った。これも女優の彼女には、簡単なことだった。

つぎに伯爵は〝高慢〟と書かれたカードをかかげ、グレースは完璧な表情を作って見せた。

「よろしい」

伯爵は満足してつぎのカードをかかげた――〝信頼〟。グレースがわずかに口元を緩めて温かい表情を作ると、伯爵の顔には大きな笑みが浮かんだ。


サミットの2日前、グレースはタッカー神父の車で、港の市場にやってきた。サングラスをかけてスカーフをかぶった姿で車から降りた彼女は、不安げに運転席の神父を振り返った。神父が励ますように温かい笑みを浮かべてうなずく。

グレースは一人で市場へ向かった。市場が近づくにつれ、スカーフを取り、サングラスを外した。クリーム色のボリューム感のあるツーピース姿で、一見したところ、良家の奥様が気まぐれに市場にやってきたというような風情だ。いつもより地味なファションだったが、それでも彼女の美しさは人目を惹《ひ》いた。だが、誰も大公妃がこんな場所に一人でいるとは思っていないらしく、気づかれることはなかった。

グレースはぶらぶらと市場の中に入っていった。市場は大勢の買い物客であふれ、混沌《こんとん》としていた。彼女は野菜を売っている屋台の前で足を止めた。そこではエプロン姿の中年女性が一人で野菜を売っていた。

グレースは野菜を物色している買い物客の後ろから顔をのぞかせ、店主にフランス語で声をかけた。

「お手伝いさせて、マダム」

グレースを見た店主は、一瞬、凍りついたあと、信じられないといった表情になった。

「……大公妃殿下？」

周囲の買い物客に波紋が広がっていく中、グレースは屋台の中に入ってエプロンを着け、店主と並んで野菜を売り始めた。

「ボンジュール」

たちまち屋台の前には人だかりができ、野菜は飛ぶように売れた。グレースは両手が汚れるのも気にせず、売り子に徹した。それは彼女にとっても楽しい経験であった。

その夜、グレースは疲れ切って、服を着たままベッドでぐっすりと寝入っていた。廊下からかすかな靴音がして、ドアがそっと開き、レーニエ公が顔をのぞかせる。

ベッドに無防備で横たわる眠れる美女は、この上なく官能的だった。レーニエ公はしばし物欲しげに見つめていたが、結局、彼女に声をかけることなく自分の部屋へと戻っていった。

ロック・アジェルの一件以来、二人は家庭内別居状態だった。それはひとえにレーニエ公に原因があった。彼は未だ自分の殻を破ることができずにいた。

レーニエ公の姿が消えるやいなや、反対側のドアからマッジが現れた。彼女は足音を忍ばせて眠っている女主人のもとへ行き、ベッドの上に散らばった数冊の本の1冊を拾い上げてタイトルを確認した。それは外交儀礼の本だった。

本を戻したマッジは、開かれたままのノートに気づき、手に取った。そこにはグレース独特の丸文字で、公妃の側近たちの名前が書かれていた。そして、マッジの名前の横には、〝マッジは裏切り者？〟の文字があった。さらにはそのページの下に、彼女の古い写真が挟まれていた。

マッジが写真を見下ろしていると、廊下のほうで物音がした。彼女はノートをベッドに戻し、急いで廊下にすべり出て歩き去った。すると、暗がりの中からフィリスが姿を現した。彼女はマッジの奇妙な行動を目撃していたのだった。

ほどなくしてフィリスは自分のオフィスで、宮殿の警備責任者と一緒に、マッジのオフィスの電話機に仕掛けた盗聴装置を通して彼女の通話を聞いていた。

〝なるべく早くお会いしないと。大公妃は私を疑っているわ〟

〝すぐには動けん〟

〝あさっての夜、西の国境を越えてきてください。その日はサミットの晩餐会《ばんさん》があるから皆、そちらに気を取られていて抜け出しても気づかれないわ。22時に松林の中にある交差点で会いましょう〟

〝その分の報酬はいただきますよ〟

〝もちろんお支払するわ〟

電話が切れると、フィリスは好奇心をかき立てられ、警備責任者と顔を見合わせた。

翌朝、グレースは警備責任者の運転する車で、封鎖されている国境へとやってきた。フィリスとともに車から降り立ったグレースは、緊張した面持ちで彼女に聞いた。

「フィリス、どうかしら?」

グレースはいつにも増してファッショナブルにキメていた。白地に大きな花模様を大胆にあしらった細身のワンピースに、バラの花を一輪飾った帽子をかぶっている。そして、手にはパンや菓子などの飲食物が入った大きなバスケットを持っていた。

忠実な秘書は、手放しで褒めちぎった。

「とてもすてきです!」

彼女と警備責任者が見守る中、グレースは大きく息を吸って恐怖を飲み込み、自然な微笑みを浮かべて、有刺鉄線の向こう側に立つフランス軍国境警備隊の隊員たちのもとへさっそうと歩き出した。

近づくにつれ、隊員たちはざわめき始めた。

「何のつもりだ?」

有刺鉄線の手前で足を止めたグレースは、温かい笑みを浮かべた。

「ボンジュール」

隊員たちは皆、戸惑いの色を浮かべながらも制帽を脱いで挨拶を返した。

「大公妃殿下」

グレースは彼らにバスケットを差し出し、完璧なフランス語で言った。

「皆さんに差し入れよ。お腹が空《す》いているかと思いまして」

その頃、宮殿の大公の執務室では、レーニエ公と側近たち、それにルパート・アランがサミットの詳細を詰めていた。

〝こんな大公妃を見るのは初めてです……〟

つけっぱなしのテレビから、ニュースキャスターの声が聞こえてきて、皆、画面に映っているグレースに注目した。

〝……緊張感漂う警戒区域にさっそうと登場。アメリカ流の派手な外交演出か、はたまたヒッチコックの映画のためのドレス・リハーサルか、それともフルーツ・バスケットで、彼らの戦意を削ぐのが狙いでしょうか……多くの謎が残ります〟

画面の中のグレースとフランス軍国境警備隊の隊員たちは、楽しそうに談笑している。隊員たちは元ハリウッド女優と一緒にいられることで、明らかに舞い上がっていて、記念撮影までしていた。

オナシスがつぶやく。

「彼女の意図は？」

「マスコミを味方につけて、世論を反フランスにするつもりでは」

アランの見解に、ジャン＝シャルルは異議を唱えた。

「ド・ゴールは世論を無視する」

「アメリカは無視できない」

アランはそう指摘して、レーニエ公の表情をうかがった。タバコを吹かしながらテレビを見ている彼の陰気な顔からは、何も読み取ることができなかった。

夜になって、フィリスは警備責任者とともに、盗聴したマッジの通話録音テープを、グレースに聞かせた。

〝なるべく早くお会いしないと。大公妃は私を疑っているわ〟

〝すぐには動けん〟

〝あさっての夜、西の国境を越えてきてください。その日はサミットの晩餐会があるから皆、そちらに気を取られていて抜け出しても気づかれないわ。22時に松林の中にある交差点で会いましょう〟

〝その分の報酬はいただきますよ〟

〝もちろんお支払するわ〟

フィリスはテープを止め、グレースに告げた。

「調べたところ、通話相手はフランスの探偵で、誰かが裏で糸を引いています」

グレースはショックを受けていたが、顔には出さないようにして指示した。

「証拠をつかんで」

マッジの裏切りを知ったグレースは、車を駆ってタッカー神父の居宅にやってきた。

「神父様？」

キッチンの明かりは消えていたが、寝室からはほのかな光が漏れている。グレースは勝手知った家の中を小走りに進み、ドアの開いていた寝室に飛び込んだ。

「神父様！」

神父は服を着たままベッドに横たわっていた。微動だにせず、その姿はまるで死んでいるかのように見えた。グレースはあわてて彼のもとに駆け寄った。かすかないびきが聞こえ、アルコールの匂いがした。彼は酔い潰れていたのだ。

安堵《あんど》の息をついたグレースは、床に落ちていた国際郵便の封筒の束に気づいて拾い上げた。消印はどれもデラウェア州ウィルミントンだ。それをデスクの上に置いたとき、開かれたままになっている手紙が目に飛び込んできた。グレースは好奇心に駆られ、その手紙を手に取った。読み始めたそのとき、神父の声がした。

「人の手紙を読んではいけませんよ」

神父が起き上がって、彼女の手から手紙をもぎ取る。グレースは不審に思って聞いた。

「誰からの手紙？」

神父は肩を落としてベッドに座ったまま、答えようとしない。

「誰からなの？」

やや強い口調でたずねると、神父はようやく顔を上げて目を合わせた。

「6年前、あなたをモナコに嫁《とつ》がせました。ここでの私の役目は終わった。バチカンに頼んでアメリカの教会に職を得た。私は故郷に帰ります」

グレースはパニックにおちいりそうになりながら、神父を見つめた。

「……私に黙って行ってしまうつもりだったの？」

「大公はもう私を必要としていない。あなたもです」

神父はそう言いながら、まだ床に落ちていた封筒を拾い集めて立ち上がり、彼女に背中を向けた。グレースは必死に説得にかかった。

「必要だわ。ずっと必要よ。マッジが裏切って、誰かの命令で動いているわ。共犯者がいるかもしれない」

神父が封筒をデスクに置いて振り返る。

「サミットの晩餐会で、大公は各国のリーダーたちに、モナコへの支援を要請する。おそらく彼らは断るでしょう。もし、マッジが裏切り者なら、大公が孤立無援になったとき、あなたのところに彼を説得するよう言ってきた者こそ、黒幕です」

グレースは心細くなって懇願した。

「行かないで」

「ここでは、私は悪い神父です。故郷に帰れば、いい神父になれそうです」

その言葉の意味に、グレースは心当たりがあった。真偽のほどは定かではないが、聖歌隊にまつわる嫌な噂《うわさ》が広まっていた。だが、そんなことはどうでもよかった。彼がどんな人間であろうと、彼女にとっては、このモナコで唯一の心の拠《よ》り所なのだ。あまりのショックに息が詰まり、グレースは子供のように泣き出した。

その涙を見た神父は、彼女につと歩み寄った。

「あなたはここの人間です」

「神父様の支えがなくちゃ……」

「大公家が存続するための希望の光となるのです。あなたがやるのです」

それだけ言うと、神父はデスクに戻って再び背を向けてしまい、グレースはその場に泣き崩れた。

9月22日、ヨーロッパ・サミットの日の夕刻、晩餐会用の正装に身を固めたレーニエ公は、大広間に続く階段の下で、グレースを待っていた。彼女とまともに顔を合わせるのは、ロック・アジェルでの一件以来だ。

気分が落ち着かず、しきりにチュニックの襟やホワイトタイを調整していると、周りに控えている従僕たちから小さなどよめきが起こった。

金糸の刺繍《ししゅう》と小さなダイヤモンドが縫い込まれたローブデコルテに、サッシュを襷がけにして勲章をつけ、肘《ひじ》までの長さの白いドレスグローブをはめたグレースが、階段を下りてくるところだった。

きっちりと結い上げた髪には、ルビーとダイヤモンドのティアラをつけ、胸もとには豪華な三連のダイヤモンドのネックスをあしらったその姿は、凛とした気品にあふれている。ティアラとネックレスは、結婚時にレーニエ公がカルティエに特注し、グレースに贈ったものだった。

レーニエ公の口元も思わず緩んだものの、彼女が近づくにつれ、その場に凍りついた。自分とはあまりにも不釣合いに見え、気後れして声をかけることもできなかった。

グレースも緊張していたが、自分のほうから水を向けた。

「久しぶりね」

レーニエ公はまぶしげに彼女を見つめ、ぎこちなく言い訳した。

「……忙しかった。君は？」

「忙しかったわ。広い宮殿暮らしじゃ仕方ないわね」

「何日も迷子になる」

グレースが微笑んで彼のメガネを外し、うながす。

「さあ、行きましょう」

レーニエ公は彼女の手を取り、晩餐会へと向かった。

晩餐会が行われる大広間には、正式なテーブルセッティングがされていて、夫人を伴った10名ほどの各国の代表がそれぞれの席に立ち、大公夫妻を待ち受けていた。

グレースは頭を動かすことなく、目だけで各国の要人たちの些細《ささい》な動きも見逃すまいと意識を集中させていた。

レーニエ公とグレースが席に着くと、要人たちも一斉に着席した。ストロボが光り、カメラのシャッターが切られる。その写真は、宮殿の広報から世界中のマスメディアに配信されることになっていた。

大公夫妻の周りには、ジャン＝シャルルとアントワネット、オナシス、ルパート・アラン、それに何人かの近しい盟友が座っている。グレースは彼らを見回し、誰が裏切り者なのか探った。

レーニエ公が何枚かの文書を手に、オープニングスピーチをするために立ち上がった。

グレースの肩に手を添え、スピーチの口火を切る。

「私の家族と、私の国に危険が迫っています」

グレースは彼を見上げ、愛情を込めて微笑んでみせた。レーニエ公は皆のほうへ向き直って続けた。

「ヨーロッパの未来のために立ち上がると決めました。これも未来の経済発展のためです。モナコ政府のためでもド・ゴール独裁のためでもありません。自由の価値がお分かりなら、理解いただけるはずです。独裁者が立つ足場は、良識のある人々が異議を唱えれば崩れます……」

グレースは胸が熱くなった。今までこれほど感情を込めて話す夫を見たことがなかった。この瞬間、彼女は君主という立場にある夫を理解し始めていた。

その頃、西の国境にフランス側から1台のセダンがやってきて、有刺鉄線の前で停まった。しわくちゃのスーツを着たいかつい顔の運転席の男が、フランス軍国境警備隊の隊員にパスポートを手渡す。それをチェックした隊員は、パスポートを男に返して車を通した。

ほどなくして車は、真っ暗な松林の中でヘッドライトを点けて停まっていた。車のそばには、いかつい顔の男の姿があった。

やがてヘッドライトを点けた車が曲りくねった道に現れ、男の車の前で停まった。一瞬後、ヘッドライトが消えたかと思うと、その車からスカーフをかぶったマッジが降りてきて、男に歩み寄る。マッジは男と何かを交換すると、すぐに車に戻った。

男も車に戻り、発進した。男の車が走り去るや、マッジは車内灯を点け、手にしていた封筒の中身を調べた。彼女の薄い唇に笑みが浮かんだそのとき、小枝を踏む音がした。

マッジがハッとして息を呑《の》んだ瞬間、助手席側のドアが開き、フィリスが顔をのぞかせ、彼女を睨《にら》みつけた。

「話を聞かせてもらうわ」

フィリスは警備責任者とともにマッジのあとをつけてきて、すぐそばの土手の向こうから一部始終を目撃していたのだ。


「イタリアにとってリスクが高すぎる！」

晩餐会後の男性陣だけによる協議の場から、突然、イタリアの外相が飛び出し、アランがあわててあとを追ってきた。

「お願いです！」

控えの間で夫人たちとの会話に加わっていたグレースは、驚いて彼らを見つめた。

「もしモナコを支援すれば、フランスに内政干渉することになる！」

イタリアの外相がわめき立てる中、グレースは夫人たちに断って協議をしている部屋をのぞいてみた。

そこでも誰かが大声で何かわめいていて、張り詰めた空気が漂っていた。タッカー神父が言ったとおり、やはり交渉はうまくいかなかったのだ。それでもイギリスの外相の説得にかかっているレーニエ公の姿が垣間見える。たとえ協議の流れが芳しくなくても、彼はその場を仕切っていた。

アランが切迫した様子で戻ってきて、グレースに小声で告げた。

「大変です。ド・ゴールが暗殺未遂に」

「まさか」

「フランス右翼がアルジェリアで犯行を認めています。もはやフランスを敵に回す国はありません」

グレースはアランと一緒に協議中の部屋へ向かった。グレースが中に入るのを遠慮してドアロで様子をうかがう中、アランはレーニエ公のもとへ行き、耳元でささやいた。

レーニエ公は顔色を変え、オナシスに歩み寄った。

「オナシス、終わった」

「何が？　何があった？」

レーニエ公は彼の問いかけには答えず、協議の輪からそれて飲み物を取りに行き、スコッチをあおり始めた。その直後、部屋の中に動揺が走った。ド・ゴールの暗殺未遂事件が全員の知るところとなったのだ。

グレースはすべるように部屋へ入っていった。彼女の顔を見ると、レーニエ公は落胆の色もあらわにつぶやいた。

「おしまいだ」

グレースは彼にささやいた。

「ルイ十四世は、モナコ制圧に失敗したわ。ナポレオンも同じよ。ド・ゴールもきっと失敗する。今夜、ここで何が起ころうともとね。もう飲まないで」

スコッチのグラスを夫の手から取り上げて励ます。

「気をしっかり持って」

意外にもレーニエ公はその励ましを素直に受け入れ、まだ部屋に残っていた要人たちの中に入っていく。その姿を見届けたグレースはきびすを返した。

すると、ジャン＝シャルルがついてきて横に並んだ。

「孤立無援だ。レーニエは頑固すぎる」

「他にどんな選択肢があると言うの？」

ジャン＝シャルルはグレースの前に立ちはだかるようにして足を止め、声を落として言った。

「フランスの要求を飲めばいい。ド・ゴールに妥協しろと言っても、彼は聞き入れない。どうか大公妃殿下から説得を。手遅れになる前に」

彼はすばやく身をひるがえして戻っていく。グレースは胸の動悸《どうき》が治まらなかった。ジャン＝シャルルが黒幕だったのだ。

控えの間に戻ったグレースは、アントワネット妃が部屋の向こうで誰かと会話しながら、不安そうに自分を見ていることに気づいた。まさかレーニエ公の実の姉まで、この件に加担していたとは……。

目が合うと、アントワネット妃は微笑んだ。だが、グレースは動揺のあまり、笑みを返すことができず、その場から逃げ出した。


廊下を走って自分の寝室に逃げ込んだグレースは、過呼吸状態におちいっていた。ベッドに倒れ込んで息を整えていると、ドアがノックされて警備責任者とフィリスが入ってきた。そして、二人のあとからいつになく表情を曇らせたマッジが現れた。その手にはマニラ封筒を持っている。

グレースは身構えて裏切り者を見た。

「何なの？」

すると、フィリスがマッジをうながした。

「マッジ?」

レーニエ公はグレースの姿を捜して家族の住まいとなっている区域に戻ってきた。

「グレース?」

彼女の寝室のドアを開けたレーニエ公は、そこに集まっている面々を見て困惑した。

「何事だ?」

「アントワネットがド・ゴール陣営と会っていたわ」

グレースは沈痛な面持ちで告げ、手にしていた数枚の写真をベッドに放った。レーニエ公が中に入ってきて、写真を手に取る。その隠し撮りされた写真には、ド・ゴール陣営の閣僚たちと会っているアントワネット妃とジャン＝シャルルの姿があった。

写真をまじまじと見ていたレーニエ公は、顔色を変えてグレースに聞いた。

「この写真は?」

「マッジが探偵を雇ったの」

グレースのあとを受け、マッジが説明する。

「大公殿下の姉君は、6ヵ月前にモナコをフランスに譲渡する取引をしました。代わりにご自分が即位する気です」

レーニエ公の顔が陰気に曇り、マッジたちに命じた。

「外してくれ」

皆が出ていき、気まずい空気が漂う中、レーニエ公は重い口を開いた。

「君は私に姉を糾弾させたいのか？」

まるでグレースが仕組んだ陰謀だとでも言いたげだ。怒りの矛先がまたしても自分に向けられ、グレースは打ちのめされながらも静かな口調で説得にかかった。

「連中はあなたを失脚させる気よ。彼女が実権を握って、息子をつぎの大公にするつもりなのよ」

レーニエ公は窓辺に行き、グレースに背を向けた。しばらくしてひび割れた声が聞こえてきた。

「実の姉なのに……」

ついで肩ごしに振り返る。その顔は苦悩に歪《ゆが》んでいた。

「なぜモナコに残った？」

グレースは心を込めて答えた。

「なぜなら、私たちには子供たちがいるから。なぜなら、まだあなたを愛しているから。大事な家族は誰にも渡さないわ」

一方のレーニエ公は、居心地悪そうにしながら椅子に腰を下ろし、不正に対するグレースの冷静な判断に考えをめぐらせた。

長い沈黙のあと、レーニエ公は口ごもりながら言った。

「今夜の君は……魅惑的だったよ。初めて出会ったときのことを思い出させてくれた」

グレースは微笑んで冗談めかした。

「あなたがもっとしっかり見ていたら、きっと間抜けなグレースが見えたわ」

レーニエ公の頬も緩んだ。

「そして、君は甘やかされたつまらないモナコ人を見ただろうよ。自分の人生さえ決めることができない」

「今夜の集まりはどうなったの?」

「皆、帰ったよ。暗殺未遂事件で望みは消えた。フランスに戦車でモンテカルロに乗り込まれたら、すべて失う。どうしたらいいのか……」

「レーニエ……」

夫の打ちのめされている姿に、グレースの心は震えた。足もとにひざまずき、その頬を両手で包んで励ます。

「私はあなたの妻よ。富めるときも貧しいときも……。大公の地位を失うくらい何でもないわ。私は平気よ。アメリカで暮らしたっていいわ。モンペリエに小さな農家を買うの。そして、一緒に年を重ねましょう。手に手を取って……」

グレースはそう言って唇を重ねた。レーニエ公が自責の念を込めてささやく。

「こんなはずじゃなかった、グレース」

「分かっているわ」

「君に苦労をかけるなんて……」

「いいのよ」

グレースは夫の唇を自らの唇でふさいで黙らせた。


明け方、目覚めたグレースは、隣でぐっすりと寝ている夫を見て満足げな笑みを浮かべた。私のすてきな王子様……。究極のロマンチストの彼女は、うっとりとレーニエ公の顔を見つめ、家族のために行動を起こす決心をした。

グレースはベッドを抜け出し、ローブをはおりながら書斎へ向かった。そして、デスクの電話から受話器を手に取った。

「ヒッチ、私よ。起こした？」

〝……いいや〟

その声は明らかに眠そうだ。グレースは申し訳なく思いながらも明瞭に告げた。

「自分なりに結論を出したわ。長いこと真剣に考えたけど、あの役は誰か他の人に」

〝大丈夫かい、グレース？〟

「ええ、大丈夫よ。ごめんなさい。成功を祈っているわ」

〝これだけは忘れるな。フレームの端に寄りすぎないように〟

彼の優しさにグレースは胸が熱くなった。

「ありがとう」

一抹の寂しさを覚えながら受話器を置く。これでいいんだと自分に言い聞かせたグレースは、デスクに置かれた1通の封書に気づいた。〝グレースへ〟と書かれたその筆跡に、彼女は見覚えがあった。

封書を開けて読んでいると、身支度を整えたレーニエ公がタバコを吹かしながら入ってきた。グレースは沈痛な面持ちで告げた。

「神父様が去ったわ」

彼も暗い表情で応じた。

「知っている」

グレースはデスクに腰を乗せてしばし考えたあとに、レーニエ公と目を合わせた。

「この危機を乗り切る秘策を試してみてもいい？」

レーニエ公が訝《いぶか》しげに聞いてくる。

「どんな？」

グレースは決然として答えた。

「やらせてほしいの」


その日の午後、モナコ赤十字の会議室では、緊急招集された貴婦人たちが、国家存亡の危機で中止された8月の舞踏会について不満を募らせていた。

「大公妃の言いなりはごめんよ」

バチオッキ伯爵夫人が皆を扇動していたとき、マッジとフィリスを従えたグレースがさっそうと入ってきた。彼女はまるで教師のようなメガネをかけ、濃紺のスーツを着て完全武装している。しかもすべるような優雅な足取りで檀上に進みながら、流暢なフランス語で皆に挨拶した。

「ボンジュール、急なお知らせにも関わらず、ご出席に感謝します。ご足労いただいてすみません」

貴婦人たちが当惑する中、伯爵夫人とともに檀上の椅子に座ったグレースは、さっそく本題に入った。

「今、モナコは、皆さんの助けが必要です」

伯爵夫人が不愛想に切り返す。

「何のためです?」

グレースは皆を見渡し、淡々と宣言した。

「10月に舞踏会を強行することにしました」

「舞踏会!」

貴婦人たちが嬉々《きき》とした声を上げてざわめく中、伯爵夫人は不審げにグレースを問いただした。

「でも、妃殿下は中止になさったのでは?」

グレースは平然と言い放った。

「舞踏会はプリンセスには付きものよ」

「いつ侵攻されるか分からないときに、舞踏会ができるかしら?」

伯爵夫人は懐疑的だ。グレースは彼女に身を寄せ、謎めいた笑みを浮かべた。

「舞踏会を開くことで、危機は回避できるかもしれません」

幹線道路の国境の一つには、ルパート・アランが手配したマスコミの記者やテレビの取材班が詰めかけていた。そこへモナコ側から王族の車列が現れた。

「早くカメラを回せ！」

テレビカメラが先頭の車の後部座席に駆け寄っていく。窓が下りると、そこにはバチオッキ伯爵夫人と並んで座っている大公妃の姿があった。フランス軍国境警備隊の隊員が、目をぱちくりさせて問いかける。

「……どちらへ？」

グレースは艶然《えんぜん》と微笑んで答えた。

「パリよ」

パリのカルティエ本店の前には、大勢の報道関係者や野次馬が群がり、警官まで出動する騒ぎとなっていた。

その様子を、店内からそっとのぞいている一人の女性の姿があった。彼女の背後でルパート・アランが言った。

「そろそろ出ていったほうがいいですよ。今やものすごい数ですから」

ほどなくして店のドアが開いて、濃紺のスーツに深紅のつばの広い帽子を合わせたグレースが姿を現すと、報道陣が殺到した。カメラのストロボが光り、歓声が上がる。

「グレース・ケリーよ！」

「こっちを向いて！」

「『マーニー』はどうなりました？」

「撮影は？」

あらゆる方向から質問が飛んでくる中、グレースは落ち着いた態度で皆を見渡し、口を開いた。

「数日前、ヒッチコック監督に私の決意を伝えました。映画にはもう戻りません。大公と結婚して、女優グレース・ケリーは卒業しました。それは今後も変わることはありません。これからは自分の家族と慈善活動に力を注ぐつもりです」

グレースは横にいるバチオッキ伯爵夫人を目で示して続けた。

「そこでバチオッキ伯爵夫人から、皆さんに発表があります」

ヒョウ柄のコートドレス姿の伯爵夫人が、作り笑いを浮かべて口を開く。

「来る10月9日、国際赤十字の舞踏会をモナコ王室主催で行います」

すかさず鋭い質問が飛んだ。

「参加者は？」

「ぜひ、皆さんもご出席ください」

グレースがうまくかわした直後、一人の記者がずばり聞いてきた。

「ド・ゴール大統領も招待されたんですか？」

「もちろんです」

その答えはさらなる波紋を呼んだが、グレースは無視して車に乗り込んだ。

「ありがとう。さようなら」


その頃、エリゼ宮殿内の大統領府の執務室には、〝シャルル・ド・ゴール様〟と宛名が記された1通の封書がモナコ公国から届いていた。ド・ゴールが開封すると、招待状が現れた――〝謹んで貴殿をモナコ赤十字年次舞踏会にご招待申し上げます　モナコ大公レーニエ三世　グレース公妃〟。

ド・ゴールは困惑し、デスクの前に座っていたディナール財務長官に、その招待状を手渡した。

「この招待状は何だ？」

招待状を見たディナールは、鼻で笑った。

「モナコは孤立無援です。皆、レーニエを見捨てました。大公妃以外は」

夜明けとともに、宮殿内にあるアントワネット公妃とジャン＝シャルルの居室のドアが激しくノックされた。

「大公妃がお呼びです！」

まだ眠っていた彼らは、何事かと急いでローブをはおってドアを開けた。そこには、不気味なほど取り澄ました大公妃が立っていた。

「グレース？」

アントワネット妃が不審げに顔を曇らす。

「あなたは私に、大事なのは家族だけって言ったわよね？」

グレースは彼女の足もとに、隠し撮りした写真の束を放った。その写真を見たアントワネット妃とジャン＝シャルルは、たちまち青ざめて義理の妹の表情をうかがった。

グレースは冷ややかな口調で問いただした。

「ド・ゴールは何を約束したの、ジャン＝シャルル？　お金？　王座？」

二人の顔に後ろめたさが浮かび、ジャン＝シャルルが作り笑いをしながら口を開いた。

「こんなの馬鹿げているよ、グレース」

「大公妃殿下と言いなさい」

グレースが毅然《きぜん》として注意を与えると、アントワネット妃は彼女を睨《にら》みつけた。

「弟はどこ?」

ちょうどそのとき、レーニエ公が警備責任者とともに入ってきた。アントワネット妃はごくりと生唾を飲み込み、千手を打った。

「とんでもない誤解よ」

レーニエ公は失望と憐れみを交錯させて姉を見た。

「うそだとでも?」

気まずい沈黙のあと、アントワネットは優しい口調で弟を籠絡しにかかった。

「レーニエ、違うのよ。私はただ……」

「ただ何です?」

グレースは鋭く彼女をさえぎり、大公妃として宣言した。

「あなた方はモナコを去り、二度と戻ってはなりません」

アントワネット妃は信じられないといった表情になって、グレースを見た。

「……私を追放するつもり?」

ついで弟に視線を移す。

「レーニエ？」

「これは決定だ」

レーニエ公が淡々と告げたとたん、アントワネット妃はヒステリックに叫んだ。

「私は死んでもこの女の言いなりにはならないわ！」

だが、レーニエ公は少しも動じることなく引導を渡した。

「閣議で決まった」

アントワネット妃は息を呑《の》み、途方に暮れてジャン＝シャルルと視線を交わした。敗北を覚《さと》った彼女は、義理の妹に向かって悔しまぎれの捨て台詞を吐いた。

「どうせ、あなたも長続きするもんですか」

「あなたの追放を見届けるわ」

グレースは落ち着き払って切り返し、ジャン＝シャルルに言った。

「最後に一つ、公務を果たしてもらいます」

「従うとでも？」

「従えば、子息の将来は心配しなくていいわ」

グレースはそう答え、アントワネット妃に視線を移した。

「あなたは選ぶことができるのよ」

一瞬後、アントワネット妃は新たな女帝の提案を受け入れ、泣き崩れた。

〝確かなのか？〟

電話の向こうから念を押すド・ゴール大統領の声が聞こえてくる。ジャン＝シャルルは指が白くなるほど受話器をきつく握り締めて答えた。

「大統領、大公妃が関わる単なる赤十字の催しです」

レーニエ公や閣僚たちが周囲を取り囲んで見つめる中、彼はド・ゴールに電話をかけさせられているところだった。

〝それでレーニエは？〟

ジャン＝シャルルは鼻の下に浮いた汗を指で拭って平静を装った。

「どんな条件でも飲みますよ。モナコの主権も渡す覚悟です」

〝よくやった。報酬をはずむぞ、ジャン＝シャルル〟

「ありがとうございます、大統領」

受話器を置いたジャン＝シャルルは上目遣いになって、予備の受話器で通話のすべてを聞いていたレーニエ公の顔をうかがった。

ジャン＝シャルルとの通話を終えたド・ゴール大統領に、ディナール財務長官が神経質そうに眉をひそめて進言した。

「舞踏会は欠席してはいかがです？　アメリカがモナコを支援すれば厄介です」

「私は度重なる暗殺計画にも屈しなかった男だ。たかが女優など怖くない」

強権的かつ独裁的な彼は、30回以上も暗殺未遂事件に遭遇していたが、なぜかいつも大した怪我《けが》をすることもなく切り抜けていた。

ド・ゴールは側近の忠告に耳を貸すことなく、ペルティエに命じた。

「レーニエに電話して招待を受けると伝えろ」


1962年10月9日、モナコ赤十字の舞踏会が、モンテカルロのカジノで開催された。明るくライトアップされたカジノは、まるでおとぎ話の中の宮殿のようだった。

素性はどうであれ、そこは裕福で権力のある人々の聖域であり、庶民には憧れの場所であった。柵が設けられたエントランス前には、有名人をひと目見ようと群衆が詰めかけていた。黒塗りのリムジンが乗りつけられるたびに、カメラのストロボが光り、人々の歓声が上がっている。

カジノのエントランスとなっている階段の上には、ケーリー・グラントをはじめとする映画界のスターたちに加え、オナシスとマリアの姿もあった。

ド・ゴール大統領のリムジンも到着し、燕尾《えんび》服姿の巨人がドレスアップした夫人とともに降り立った。フランスの記者団がストロボの集中砲火を浴びせる中、群衆からブーイングが起こった。

ド・ゴールと夫人は、ブーイングなど聞こえていないかのように堂々とエントランス前に敷かれたレッドカーペットを進み、カジノの階段を上がった。先に到着していたペルティエが、夫人とともに二人を出迎えて報告する。

「アメリカからマクナマラ国防長官が来ました」

折しも長官のリムジンが到着し、ブラックタイ姿のロバート・マクナマラとモダンなドレス姿の夫人が降り立つと、ブーイングに代わって拍手と歓声が湧き起こった。

その直後、歓声が一段と高くなった。大公銃騎兵中隊のバイクに先導された大公夫妻のゴールドのロールスロイスがやってきたのだ。

白のタキシード姿のレーニエ大公に続いてグレース大公妃が姿を現し、群衆の興奮は頂点に達した。

「大公妃殿下、万歳！」

バレリーナのロマンティック・チュチュを思わせる、クリスタルが散りばめられた真っ白なローブデコルテの胸もとに、ダイヤモンドのネックレスをつけ、シルクのストールをまとったグレースは、まばゆいほどのオーラを放ち、まさに妖精の女王のようだった。まるで魔法の杖《つえ》を一振りしたかのごとく、彼女の存在がモナコの夜を輝かせた。

グレースは群衆の歓声に手を振って応えていたが、やがてレーニエ公をその場に残して彼らのほうへ向かっていき、握手を交わしたり、サインをしたりし始めた。まだエントランスにいたド・ゴール大統領やマクナマラ国防長官たちが驚いて見つめる中、グレースはハリウッドの流儀で、この華やかな祭典に一般の人々も参加していると感じさせたのだ。

やがてグレースは人々の拍手に讃《たた》えられながら、レーニエ公のもとに戻って腕を組み、レッドカーペットを進んだ。

大公夫妻がディナー会場となっているホールの入り口に姿を現すにつれ、管楽オーケストラの伴奏で、深緑色のシルクのローブデコルテに豪華な宝石をつけたマリア・カラスが、十八番《おはこ》のノルマを歌い始めた。

〝……苦悩に満ちたこの愛……ああ、死んでしまいたい……〟

彼女のすばらしい歌声をバックに、レーニエ公とともにホールの中に入ったグレースは、そこに集っている人々と握手を交わしながら進み、目でド・ゴールの姿を捜した。

彼とペルティエが自分を見ていると分かるや、グレースはアントワネット公妃の両頬にキスをしてから握手を交わし、ジャン＝シャルルとも親しげに握手した。そしてド・ゴールに目礼してうなずいて見せ、彼とペルティエを苛立《いらだ》たせた。

グレースとレーニエ公がテーブルに着くと、皆も着席し、しばしマリアの歌声に酔いしれた。大公夫妻のメインテーブルには、ルパート・アラン、バチオッキ伯爵夫人、オナシス、アントワネット妃とジャン＝シャルル、それにマッジとフィリスが座っていた。

グレースの目はステージ上のマリアを見つめていたが、頭の中は自分のスピーチのことでいっぱいだった。

〝……お父様、どうかお願い……お父様、私の願いを聞いて……〟

マリアが情感たっぷりに歌い終わると、花束が贈られ、皆、口々に「ブラボー」と賞賛の言葉を発しながら、立ち上がって拍手した。ステージを下りた彼女がメインテーブルにやってきて、オナシスの隣に座り、グレースと笑みを交わす。マリアに代わって、ハンサムなモナコ人司会者がステージに上がった。

「皆様、今夜の主催者をご紹介します。モナコ赤十字の代表、大公妃殿下グレースです！」

グレースは深く息をし、手の震えを抑えるためにメモを握り締めて立ち上がった。レーニエ公が椅子を引き、彼女をステージへと送り出す。

会場の人々の注目を一身に集め、グレースはマイクの前に立った。十分な間を取って自らを落ち着かせ、フランス語でスピーチの口火を切る。

「世界の片隅にある小国においで下さり、感謝します。モナコは昨今、トラブルに見舞われています」

その率直なコメントに笑いが起き、グレースもいくぶんリラックスすることができた。

「私が演技の勉強を始めた頃、優れた脚本家だった伯父から、毎晩、祈りを捧《ささ》げるように言われました。いつか私が成功したら、感謝を忘れませんと……。私は毎晩、唱えました。将来、影響ある立場になったとき、その気持ちが役立つと信じて……。なぜハリウッドを去ったか？　理由は簡単です。王子様と恋に落ちたからです」

レーニエ公が思わず顔をほころばせ、マリアも励ますようにうなずく。

「彼のおかげで、思いやりの気持ちで世界を見るようになりました。不当な世の中に立ち向かう力も持てました。だからこそ、赤十字を支援するのです。世界をよくしたいと心から願うからです」

話すうちにしだいに自信を取り戻したグレースは、一旦、言葉を切って皆を見渡してから続けた。

「あるとき、大切な友人がこう言いました。王族との結婚を夢見る人々は、その意味が分かっていないと……」

タッカー神父のことが思い出され、グレースは感傷的になって涙ぐんだ。異変に気づいたレーニエ公が心配そうに見つめる中、辛うじてつぎの言葉を絞り出す。

「……その意味とは、選ぶことです。そして私は、モナコを選びました。宮殿は華麗というより、儀礼的で気取った場所に見えるかもしれません。私は公用語がうまく話すことができず、そんな自分に苛立つこともあります」

何とか調子を取り戻したグレースは、おどけてため息をついて見せ、言葉をついだ。

「それでもここは私の国。モナコの人々は、世界の片隅で正しいことをしようとする善き人々です。最善を尽くして……」

グレースはすばやくド・ゴールを見やった。だが、その厳めしい顔からは、何もうかがい知ることはできなかった。それでも彼に狙いを定めて続けた。

「結婚している方は、よく分かるはずです。子供じみていますが、私はおとぎ話を信じます。心から望めば、実現するはずです。どんな努力も惜しまない覚悟があれば、世界は変えられると信じています。憎悪や衝突も消えるに違いありません。代償を払う覚悟があれば……。私にとって、モナコはそういう場所です。その意味で、モナコは私自身なのです」

話すうちに感情が膨らみ、涙がこぼれそうになったが、何とか堪《こら》えた。

「私は軍隊を持っていません。誰の不幸も望みません。たとえ侵攻されても、抵抗することなく、ここにいます。自分のできる範囲で少しでも世界を変えるために……」

深々と息を吐いて平静を保とうとしたが、ついに涙がこぼれ落ちた。グレースはそれを手袋の指で拭って気を取り直し、燃え立つ気持ちとともに熱弁をふるった。

「でも、破壊する人がいれば、現実もおとぎ話も終わりです。気に入らないから破壊する人々がいます。当然の権利とばかりに……。幸福や美を破壊する権利は誰にもありません。それは許されないことだと教わりました。そんな世の中には住みたくありません」

持てる力のすべてを出し尽くしたグレースは、疲れ果て、最後は一点を見つめてほとんど独り言のように話した。

「庭に戦車が侵入しても、爆弾が投下されても、愛があれば解決できるはずです。なぜなら愛の力を信じているからです。今夜、皆さんが一堂に集まったのも愛の力だと思います。愛の力があれば、武器や政略、恐怖や差別はなくなり、世の中が正しい道に導かれます。だから今夜は愛を賛美したいのです。私は愛を守り抜きます。皆さんも各自の方法で努力してください。自分の社会の中で……」

スピーチを終えても、会場は静まり返っていて、誰も拍手をしなかった。グレースが気まずくなってマイクから離れたそのとき、レーニエ公が拍手をし、真っ先に立ち上がった。マリアも彼に加わり、スタンディングオベーションの輪はしだいに広がっていった。

見かけの厳めしさとは違って善き家庭人のド・ゴールは、内心、グレースの流暢なフランス語とその内容に感銘を受けていた。

「アメリカの愛の女神か……」

我知らずつぶやいたそのとき、隣のテーブルからマクナマラ国防長官の大声が聞こえた。

「大公妃の住まいに爆弾を落とさないでしょうな?」

ド・ゴールは答える代わりに、立ち上がって拍手し始めた。グレースは安堵の笑みを浮かべてステージを下りた。鳴り止まない拍手の中、席に戻ったグレースに、レーニエ公が身を寄せてささやく。

「愛しているよ」

舞踏会でレーニエ公と優雅に踊るグレースの顔は、晴れ晴れとして輝いていた。


翌朝、グレースはタッカー神父の手紙を改めて読んだ――〝私が死んでも、グリマルディ家が滅亡して月日が流れても、世界はあなたの名前を忘れないでしょう。大公妃殿下、あなたはおとぎ話の主人公、憧れの人です。定められた役を演じ切ったとき、平和が訪れるでしょう。

献身的な母親、忠実な妻、思いやりのある指導者として、どんな困難にも立ち向かい、恐怖を克服するでしょう。あなたの先を行った者は忘れられ、あなたのあとに続く者は、その強さと忍耐力に打たれるに違いありません。時を経て、あなたがどこにいようと、人々はその名をささやき続けるでしょう。大公妃殿下グレースと……〟。

その手紙がグレースの背中を押し、舞踏会という秘策を決断させたのだった。グレースは返事を書いた――〝神父様、私の望みは、自分の居場所を見つけることです。疑いや迷いなしに無条件に愛し、愛されることです。それが私のおとぎ話……〟。最後に彼女は確信をもって署名した――〝モナコ大公妃グレース〟。

1963年5月　フランスは徴税を求める封鎖を解除した。グレース・ケリーは生涯、女優復帰することはなかった。

終幕

１９８２年９月13日、月曜日の朝、週末をロック・アジェルで家族や友人と過ごしたグレースは、茶色のローバーを自ら運転してモナコへの帰路についた。助手席には、結婚９年目に生まれた17歳の次女、ステファニー公女の姿があった。

このときグレースは、あと２ヵ月ほどで53歳になろうとしていた。26年という歳月の間に、ハリウッドスターだった頃の面影はすっかり消え失《う》せ、顔も体もふくよかになってしまっている。それでも優雅な物腰しと、独特の魅力を放つ頰の輝きは衰えていなかった。

グレースとステファニーがロック・アジェルを出発するとき、運転手が二人をモナコに送り届けるつもりで、ローバーのそばで待っていた。だが、グレースは自分が運転して帰ると言い張り、運転席に乗り込んだ。彼女には、車の中で娘と二人きりになりたい理由があった。

ステファニーはいくつもの学校の登校拒否を繰り返した問題児だったが、グレースは何とか高校だけは卒業させ、パリの有名なファッションデザイナーの学校に彼女をすべり込ませたところだった。

ところがその学校には入学せず、ボーイフレンドと一緒にカーレーサーになるための学校に行くと言い出し、母親と激しく対立していた。この週末の間中、グレースは娘と言い争っていたが、まだ決着はついていなかった。

ロック・アジェルから宮殿までの道のりは、曲りくねった道が岩山に沿って続いている。数日前から断続的に頭痛がしていたグレースは、本来なら運転はしたくなかったが、娘と話し合うことを優先せざるを得なかったのだ。

ロック・アジェルを出発してモナコまであと2キロ足らずの地点で、グレースの運転するローバーは、最後のヘアピンカーブに差しかかった。


公務のために、ひと足先に宮殿に戻っていたレーニエ公が、警察から妻と娘の乗った車が崖から転落したとの知らせを受けたのは、午前10時を少し回った頃だった。

レーニエ公はすぐさま警察署長ともに、パトカーで現場に急行した。彼らが現場に到着したちょうどそのとき、意識を失って身動き一つしないグレースが担架に乗せられ、救急車にかつぎ込まれるところだった。ステファニーは打撲を負っていて、パニックにおちいり、ヒステリックにむせび泣いていた。

グレースとステファニーを乗せた救急車は、モナコのグレース公妃病院へ向かった。ステファニーは軽傷だったが、グレースは重体だった。腿《もも》、膝、腕を骨折し、全身を打撲しており、深刻な状態におちいっていた。

グレースの脳をCTスキャンした結果、内部に2ヵ所の大きな病変が見つかった。深部にあるほうは脳卒中によるもので、前頭部にあるのは、事故の際の外傷であると診断された。後に脳外科医は、脳卒中は軽いものだったと述べた。もし発作が自宅にいるときに起きたなら、しばらくは意識を失うが、横になって休むだけで治まっただろうとのことだった。グレースが運転中に脳卒中を起こして意識を失ったために、カーブを曲がり損ねて飛び出してしまい、二次的な外傷を頭に負ったというのが、脳外科医の見解だった。

そして翌日、生存の可能性がないという診断が下され、生命維持装置のスイッチが切られた。午後10時15分、グレースは息を引き取った。奇《く》しくも、26歳で結婚してから、ちょうど26年後のことだった。

モナコ公国は、困惑と悲しみに包まれた。大公妃の突然の死を、国民はすぐには受け止めることができなかった。口々に彼女の魂は永遠に生き続けるはずだと語ることによって、自分たちの喪失感を埋めようとした。モンテカルロのカジノは終日、営業をせず、国中がひっそりと静まり返った。

葬儀は9月18日、世紀のロイヤルウェディングの会場となったモナコ大聖堂で、しめやかに執り行われた。

グレースの棺《ひつぎ》が宮殿から運び出されると、国民の感情は一気に噴き出し、あちらこちらでむせび泣く人々の姿が見られた。大聖堂に向かって運ばれていく棺の後ろを歩いているレーニエ公の姿は、人々の涙を誘った。人目を気にすることなく涙を流す大公は、悲しみに打ちひしがれて茫然《ぼうぜん》自失の状態だった。

まだ病院に入院していたステファニー公女は、テレビで葬儀の様子を見ていたが、途中で泣き崩れ、数分後には気を失ってしまったという。

結婚式にはヨーロッパの王族は誰も出席しなかったが、葬儀にはベルギー国王夫妻、スペイン女王、スウェーデンの皇太子、リヒテンシュタインの皇太子、イギリスのダイアナ妃、ナンシー・レーガン大統領夫人などの姿があった。

これらのそうそうたる面々は、グレースが公妃としての26年間で、モナコの名声をいかに高めたかを物語っていた。

その葬儀の際、参列者に配られた黒縁の小さなメモリアル・カードに、亡くなる3ヵ月前にABCのインタビューに答えたグレースの言葉が記されていた——〝私は、慎み深く、思いやりのある人間として、人々の記憶の中に残りたいのです〟。

葬儀のあと、レーニエ公は弔問客を宮殿の中庭に迎えて、弔意を受けた。突然、彼は感情を抑え切れず、モナコの海が一望できるテラスへと立ち去った。その目からは涙があふれ出ていた。カロリーヌとアルベールが父に付き添い、3人は抱き合って涙を流した。彼らは、グレースを失って初めて、彼女が自分たち家族とモナコにとって、いかに大切な存在であったか、思い知ったのだろう。

グレース大公妃の死については、モナコ王室が詳しい事故原因や死因を発表しなかったために、さまざまな憶測を呼んだ。

彼女の人生最後の一日の真実は、今も謎に包まれたままだ。

編著者あとがき

本書は2014年5月のカンヌ映画祭のオープニングを飾った話題作、『グレース・オブ・モナコ 公妃の切り札』を基に書き起こしたものである。

映画はグレースが大公妃としてモナコで過ごした26年間のうち、ほんの1年間ほどの国家が存亡の危機に瀕《ひん》した際の出来事を、史実に基づいたフィクションとして描いたサスペンス仕立てのストーリーになっている。

ハリウッド女優として人気絶頂のときにモナコ大公に嫁ぎ、プリンセスとなったクールビューティ、グレース・ケリーを演じるのは、現代の美の象徴であるニコール・キッドマン。彼女が映画の中で身につけた宝石や衣裳は、カルティエやディオールの協力のもと、グレースが実際に使っていたものを忠実に再現したという。

中でも圧巻なのが、カルティエの婚約指輪と、結婚時にレーニエ公から贈られたダイヤモンドとルビーのティアラ、それにダイヤモンドの三連のネックレスだ。ため息が出るような逸品揃《ぞろ》いで、キッドマン自身、役作りに大いに役立ったことは想像に難くない。

グレースを取り巻く華麗なフィクサーを演じているのは、国際色豊かな実力派俳優たちだ。

レーニエ公には『海の上のピアニスト』のティム・ロス、タッカー神父には『フロスト×ニクソン』でアカデミー賞にノミネートされたフランク・ランジェラ、マリア・カラスには、スペインを代表する女優のパス・ベガといったそうそうたる面々。その他にも歴史を動かした人物がつぎつぎと登場し、サスペンスを盛り上げている。

尚、本書では、グレースの人となりを読者の皆様に知っていただくために、実際にあったエピソードもふんだんに盛り込んだ。と言うのも、今回、この本を執筆するにあたって周囲にリサーチしたところ、若い世代では〝グレース・ケリー〟を知っている人がほとんどいなかったからだ。したがって前半部分と終幕は、史実どおりのエピソードをまとめてある。

伝説のオスカー女優、グレース・ケリーについては、すでに多くの書籍が出版されており、一つのエピソードをとってもさまざまな説が存在し、ことさら彼女を美化した作品も少なくない。だが、本書では、できるだけグレースの人間としての本質に迫ってみようと試みた。

グレース・ケリーの最大の美徳は、その外見と同じように、内面的にも美しい善き人間になろうとしたことだ。彼女の肉体的な美しさは、より美しい資質を映し出す鏡だった。グレース・ケリーは、その美にふさわしい人生を送ったのだ。

グレースがやってくるまでは、モナコの評判はあまり芳しいものではなかった。ド・ゴール大統領がモナコを相手に全面的戦争に突入しなかった理由の一つは、明らかにグレース公妃の存在にあった。彼女が大公妃だったからこそ、モナコに人々の信頼と好感が寄せられたのだ。

グレースは1956年から6年間にわたって、レーニエ公とともに世界各国を公式・非公式に訪問しているが、どこでも温かく手厚いもてなしを受け、レーニエ公をもってして、「グレースは最高の大使だ」と言わしめた。モナコが本当の意味で世界の国々の一員になれたのは、グレースのおかげだった。

亡くなる1年前には、日本にも来日。桂離宮の庭園の美しさと日本人の繊細さに感銘を受けたグレースは、モナコにも同じような庭園を造りたいと望んだ。彼女の没後、レーニエ公はその遺志をつぎ、地中海に沿った埋め立て地に日本庭園を造った。この日本庭園は、今ではモナコに住む日本人のみならず、観光客の憩いの場所となっている。

ちなみにモナコには現在、国際的に活躍する中田英寿、クルム伊達公子をはじめとする80名ほどの超リッチな日本人が住んでいるとのことだ。

本書の執筆にあたっては、多くの文献を参考にさせていただいた。この場をお借りして感謝の意を表したい。

2014年9月

小島　由記子

【編著】小島由記子 Yukiko Kojima
ライター・翻訳家。主な作品に映画『Mr.&Mrs. スミス』（ヴィレッジブックス刊）『カールじいさんの空飛ぶ家』『Virginia ヴァージニア』、テレビドラマ『24 TWENTY FOUR』シリーズ、『プリズン・ブレイク』シリーズ、『シークレット・ガーデン』『リベンジ』『アメリカン・ホラー・ストーリー　白の章』（小社刊）などがある。

グレース・オブ・モナコ　公妃の切り札
Grace of Monaco
2014年10月2日　初版第一刷発行

脚本……………………………………………… アラッシュ・アメル
編著…………………………………………………… 小島由記子
編集協力……………………………………………… 魚山志暢
ブックデザイン……………………………………… 石橋成哲

発行人………………………………………………… 後藤明信
発行所…………………………………………… 株式会社竹書房
〒102-0072　東京都千代田区飯田橋2－7－3
電話　03-3264-1576（代表）
03-3234-6208（編集）
http://www.takeshobo.co.jp
振替：00170-2-179210
印刷・製本…………………………………… 共同印刷株式会社

■本書の無断複写・複製・転載を禁じます。
■定価はカバーに表示してあります。
■落丁・乱丁の場合は当社にてお取り替えいたします。
ISBN978-4-8124-8894-2　C0174
Printed in JAPAN